一种将平凡工作做到极致的匠人精神，

一份使命必达的责任和承诺，

一种积极向上的人生态度。

JD.COM 京东

京东小哥

讲述快递员自己的故事

京东集团 编

平凡之路 风雨无阻
中国有梦 为梦加油

人民出版社

序

　　京东有 13 万名员工，其中接近 80%都是在一线从事仓储、配送和客服工作的同事们。

　　他们和我一样大多来自于农村，平凡而普通，但始终对生活充满热情和希望，他们每天都在用艰辛的付出为社会创造着价值，也为家人创造着更好的生活。

　　在城市，在农村，在边疆，在海岛，他们用双手拉近了京东与消费者之间的心灵距离，用脚步踏平了不发达地区与现代商业文明的信息鸿沟，更用自己微小的力量推动着社会的发展和进步。

　　和所有平凡岗位上劳动者一样，从他们身上，我看到了一种将平凡工作做到极致的匠人精神，一份使命必达的责任和承诺，一种积极向上的人生态度。

　　他们是家庭的基石和社会的希望，让我们的国家充满了前行的动力。

　　这本书写的是这些甘于奉献的配送员的故事，也鼓舞着我们每一个正在为理想而奋斗的人。

刘强东

刘强东与京东一线员工

目　录

壹

平凡的伟大
——我和我的快递生活

不管你承认与否，我们的购物习惯正在和已经被网购改变。我们习惯了在 PC 端或手机端下单，我们习惯了开门或下楼接快递，甚至我们还习惯退货或者给差评。

在这个互联网＋一切的时代，我们可以不逛商场，可以不去超市，但你会发现，我们的生活里已经不能没有快递员，就像做菜不能没有盐一样。

"最后一公里"曾是电商大佬们最头痛的商业问题，但是现在，"最后一公里"变成了一段段有故事的路程。全中国超过 200 万的一线快递员们，在这段路程上找到了自己的位置：在大城市，来这里打工的快递员通过工作融入了社区这样一个熟人社会，与用户建立起信任关系；在乡镇，从大城市归来的青年人们，想借用快递这样现代的理念，通过送货来一点一滴改变家乡。

200 万个个体就像 200 万个小小的"生态圈"，虽然他们可能没有意识到，自己每天正在微观层面上推动着中国社会和商业文明的进步。这是商业精英的胜利，也同样是奔波在"最后一公里"上的快递员的功劳。

他们是一群每天和时间赛跑的人，他们把梦想融入速度，穿梭在鳞次栉比的楼宇间；这是一个谁都离不开的行业，一个个承载着汗水的包裹，给我们的生活捎来了便捷……每天上百件投递，上百次爬楼，上百句"您好"；无论是炎炎夏日，还是寒冬腊月，他们都义无反顾地叩响一扇扇紧闭的大门，"最后一公里"，是他们肩负的使命与责任，而他们用速度传递的，又不仅仅是货物，还有幸福与快乐。

首设"配送员日",致敬一线员工

2017 年,京东集团迎来第二个"428 配送员日",这是致敬一线员工的纪念日,以此呼吁京东广大客户以及社会各界对物流基层员工的尊重与支持。近日,京东正式对外发布行业内首个配送服务五星标准(包含清洁包裹、郊县代购、纸箱回收、带垃圾服务、佩带鞋套、拍照确认、闪亮登场、呵护孩子、安心达服务、微笑及文明用语等共十条),不仅为消费者带来升级版的购物体验,同时推动了中国电商行业整体服务水平的提升。

京东是国内首家设立纪念日致敬配送员和一线员工的企业。对此,京东集团董事局主席兼 CEO 刘强东表示:"配送员是京东用户体验很核心的一部分。我们的快递员送的不只是一个快递,而是送去了一份温情。我希望我们的客人每次接到包裹的时候,都能感觉到京东是一个朝气蓬勃、积极向上、努力进取的公司。"

"我们每个配送员必须从骨子里、内心深处认识到他的工作不是一个简单的体力劳动,是一份为客户服务的伟大的工作,是有尊严的工作,很体面,是可以使自己的家人生活得舒适的工作。一个个电话、一个个包裹、一个个打包、一个个包裹投递,是我们公司的营收来源,支持着京东的成长。"

多种个性化专属福利,贴心支持京东小哥

京东的一线员工享有比办公室员工更多的福利项目种类,以定制化支持配送员工的工作和生活。除了常规的五险一金、意外伤害商业保险以及年度免费

百位京东员工身着配送员服装组成JD字样，致敬一线员工

健康体检，京东还提供了30种之多的福利补贴及节日慰问。餐补、全勤补贴、司龄补贴、团队建设费用，以及节日礼品、喜庆礼金是全员享有的福利。此外，针对倒班的一线员工，还会给予夜班补贴；针对搬仓的仓储员工，给予风雨同舟补贴；对于无惧寒暑在外奔波送货的配送员和司机，以及没有空调暖气的仓储员工，给予防寒防暑补贴；对身处丽江、西藏等特殊地区的兄弟，给予特殊地区补贴。

2013年起，京东为了实践"客户为先"，推出"春节不打烊"的服务。为了感谢春节坚守岗位的员工，京东集团董事局主席兼CEO刘强东发起了"我在京东过大年"专项福利，支持员工子女春节到访团圆。这项福利自实施至今已累计投入超过2亿，帮助超过2万个京东家庭春节团圆。享受此项福利惠的基本为一线员工，其中约44%是一线配送员工。

两大救助基金，帮助员工应对危难时刻

京东自2010年开始设立了"爱心基金"，汇集每位京东员工月度小额的自发捐助，经公司同等额度匹配，用于帮助有困难的员工。此后京东又设立了"救助基金"，以支持遇到重大灾难或疾病的员工及员工家庭。2016年以来，"救助基金"的基金池已继续扩充至3000万元，实现全员覆盖。这两项基金成立

京东开发的青龙数据系统，是高效物流配送背后的核心支持

以来，已资助超过 300 名员工，其中大部分是家庭收入相对少的一线员工，而配送员就占到 30%。

鼓励"多劳多得"，在京东"劳动最光荣"

京东鼓励多劳多得体现在从薪酬待遇到岗位成长空间等各个维度。以北京为例，2016 年北京配送员人均工资是 7000 多元，交完五险一金以后，每个月拿到手的有 6000 元。"双 11"等重要活动期间，配送员平均税前收入为 7500 元，其中有超过 10% 的配送员收入过万元。

对此，刘强东认为："京东历来积极践行企业社会责任，深知企业命运与国家命运、社会命运、老百姓的生活是完全正相关的。只有国家好，老百姓富裕，有消费能力，配送员的工作、生活条件才会变得越来越好，薪酬待遇才会越来越优厚。"

开放职业上升空间，支持配送员圆梦高等教育

京东的飞速发展为配送员提供了大量的职业发展机会。京东华北区配送副总监张林生从配送员成长为总监，在北京置业安家。京东还针对 5 年以上有一定管理能力和文化素质的配送员进行定向培养。参与其中的很多员工已经成长为站长、城市经理、片区经理，以及集团配送部门的各级管理人员。

2014 年起，京东联合名校开展了"我在京东上大学""我在京东读硕士"等项目，以支持一线员工深造，并为成绩优异、家庭困难的员工提供助学基金，实现大学梦。迄今，共有超过 2000 人在京东申读大学、硕士。其中仅配送部员工占比就达到了 45%，整体一线深造员工占比达 73%。

另外，京东小哥们的不断努力，得到社会更多层面的认可。北京鼎好站的配送员宋学文，长年为客户带来最优质的服务，荣获"2017 年度首都五一劳动奖章"。

滕俊菜群"在湘西有几六十个叫滕俊的人，他
毛里寄出的快递就经带有五六个和他重色的

边城骑士

湘西凤凰站滕俊

　　喧嚣是现在凤凰这个湘西古镇的常态，在这个商业化与古朴美并存的地方，络绎不绝的游客带来了人气和消费，自然也带来了快递公司的争相进入。

　　今年元旦刚过，符瑞被公司派到凤凰"开荒"。他虽然长相清秀，个头不高，但言谈举止之间带着一丝湘西人特有的狡黠和匪气。他有着丰富的"建站"经验，来到这里前，他曾在湘西土家族苗族自治州州府吉首，以一己之力打造了一个 8 个人的配送站。

　　虽然凤凰在行政划分上同样隶属于湘西，但是选址就让符瑞花了三天——县城虽小，但作为旅游胜地，无论是租金还是消费都接近一二线城市。心里反

不少人在填写配送地址的时候，往往只留下"凤凰县城"四个大字，具体街道
信息全无，滕俊需要挨个打电话确认地址

复衡量了租金和地理位置之后，他把配送站的地址定在了凤凰古城西北面的喜
鹊坡路旁。

半个月后，这个"光杆站长"招来了凤凰配送站的第一个快递员——滕
俊。这个朴实的土家族汉子今年 31 岁，身材壮实，皮肤黝黑，脾气温和。他
过去几年在浙江台州鞋厂打工，年初为了家庭团聚、更好地照顾父母妻儿刚刚
返乡。他的妻子是个苗族姑娘，两人曾是中专同学，妻子大学毕业之后，两人
相爱携手，孩子今年已有三岁，到了上幼儿园的年纪。

"滕俊"在湘西是个"烂大街"的名字，在他每天送货的路上，就会经过
一家"滕俊摩托车修理厂"。滕俊笑称，湘西有五六十个叫滕俊的人，他手里
送出的快递就经常有五六个和他重名的。

返乡的滕俊本来想随便做一些小生意，但在看到京东凤凰配送站招聘的消
息之后，他决定应聘快递员。他的考虑很实在，"京东是个已经上市的大公司，
福利好待遇好，虽然苦点、累点，但是有前景、有发展。"

入职前，滕俊按要求拍了一张证件照，照片上的滕俊白白净净，和他现在
的容貌有着极大的差异：在经过 9 个多月的风吹日晒后，滕俊的皮肤逐渐变得
黄中带黑，嘴唇也起了皮。

"现在真是人不像人，鬼不像鬼。"他不好意思地自嘲道。

配送站的晨会在早上 8 点准时开始。符瑞每天都会操着一口粗犷有力的湘西口音，不厌其烦地向包括滕俊在内的 3 个快递员"强调服务质量"和"注意路上安全"。晨会不到 1 分钟便结束，身着红衣的快递员立刻分头行动，开始一天的工作。

滕俊主要承担凤凰县城和近郊的任务。凤凰配送站每日只有 100 个左右的包裹，单看数字，可能只是相当于一线城市一个写字楼一次投递的单量。但在凤凰县城，却要耗费几个快递员一整天的时间。当地人接触电商时间普遍较晚，对电商的熟悉程度也极为有限，订单极度分散。不少人在填写配送地址的时候，往往只留下"凤凰县城"这四个大字，具体街道信息全无，快递员往往需要打电话确认信息。

不仅如此，民风淳朴的当地人对在线支付缺乏了解，并不信任。据符瑞的介绍，凤凰县货到付款的比率高达 60%。当地百姓甚至普遍存在这样的习惯——网购多件商品，送到之后拆开每个包裹细细对比，挑选自己最满意的一件，其他包裹统统退货。

滕俊把每天的配送任务大约分成 3 拨，每拨配送 20 余个包裹。"好送的"包裹集中在上午投送，区域集中在居民区和行政事业单位，"单位早上就得上班，大多数人都已经到单位了，不在单位的话放在收发室就行"；第二个配送时间段则是在中午，区域主要集中在古城风景区和中学校园，"凤凰古城，酒吧、客栈的老板大多起床较晚，送早了会影响他们休息。学校中午下课后是个时间档口，必须赶上，否则就不好送了"；最后一轮配送集中在下午，主要是处理远郊的包裹和一些疑难件"钉子户"的问题。

"熟悉业务"在短短十几分钟的时间里，滕俊提了不下 5 次。刚刚开始送快递时，他曾经清晨给酒吧、客栈老板送货，结果每天早上带出 20 个包裹，但真正能送到客户手中的不到一半。在经历了一个月的白眼和冷落之后，他才逐渐在大脑里重新形成了一套送货的时段和路线图。

在装包之前，他会细细检查货架上的包裹，看每一个包裹的主人是谁。经过一轮筛选之后，他把 20 多个包裹都放进货运袋中，扎牢货运袋系在电动车上，把一个满是茶垢的大水壶挂在电动车后视镜之后，身着红衣的他便骑着电

湘西多是山路，凤凰县的居民楼大多位于马路两侧的高出的小山坡之上，需要拾级而上

动车从喜鹊坡 30 多度的陡坡上俯冲而下，穿越南华门、凤凰北路，直奔城北而去。

妻子上班药房就在滕俊上午配送的区域里，如果投送顺利，每天上午 10 点左右送完货后，他总会在药房里逗留十几分钟，囫囵扒几口早饭，抽一根烟，和妻子聊聊天。

滕俊的妻子告诉记者，滕俊早上出门到晚上七八点回家，这十多个小时的时间里，只能吃上这一顿饭，休息这十几分钟，"他太节省了，经常舍不得吃午饭。"而滕俊把不吃午饭的原因归结于"客户催得急，心理压力大，根本没心思吃饭"。

这种心理压力来自于繁重的工作任务。过去在台州的鞋厂打工，滕俊每天只需要完成固定的工作任务，但在今天他需要多拉快跑，面临着身体和心理的双重考验。

湘西多是山路，对于凤凰的居民来说，一辆摩托车或是电动车就是最好的交通工具。不少当地居民甚至还在使用马、骡子这样的畜力来运输货物。凤凰

湘西人素来行侠仗义、爱憎分明、不喜讲理，他们总会因为一点点不满就给你差评，这让滕俊磨出了一身好脾气

县的居民楼大多位于马路两侧的高出小山坡之上，需要拾级而上。仅仅是南华小学，滕俊就得踩着两百多级阶梯才能送完一个包裹。下午到凤凰古城景区送货，由于景区管委会的限制，电动车无法通行，滕俊只能背着庞大的快递包，一家家徒步送货。

在景区内，酒吧、客栈往往沿河而建，啤酒、饮料的需求量极大，滕俊每天要踩着裸露的石头、木桥才能渡过沱江，再把啤酒、饮料一箱一箱地抬入河对岸的店铺之中。2016 年国庆前，有一次他连续不断地扛了 20 箱啤酒到江对岸的酒吧内。由于对双腿使用过度，他时常感到骨头发酸发软，因此每天吃钙片成了他现在的日常习惯。

如果说中午的配送费的是体力，下午的配送则考验着滕俊的耐心。一位当地居民购买了三件衣物，滕俊将包裹送到他的住处之后无人应答，打手机一问，对方要求滕俊把包裹送到他位于虹桥东路的朋友家中，因为"他在和朋友打牌"。当滕俊送至指定地点后，用户把三个包裹逐一拆开，用手感受布料材质之后，选择了其中的两件，并将另一件当场退货。随后，又要求滕俊跟随他到银行取钱。

付款后，滕俊才长舒一口气，"又解决了一个钉子户。"这样的周折在他早上分拣包裹时就已经做好了心理准备，因为在凤凰送货9个多月，几乎每一个用户的脾气和习惯，他都已经了然于心。因为滕俊的脾气好、随叫随到，服务态度有口皆碑，凤凰县城里用过京东快递的人都点名要他送货。有些用户在京东上下单后甚至直接拨打滕俊的电话，问他什么时候可以把货送过来。

虽然服务态度有口皆碑，滕俊在9月份还是拿了6个差评。符瑞说，湘西人素来行侠仗义、爱憎分明，不喜讲理。"电视剧《湘西剿匪记》讲的就是我们这儿的事情，这种匪气使得他们总会因为一点点不满就给你差评。"

2016年10月14日，滕俊送一款游戏机到沱江边的一个饭店，收货的年轻小伙子要求滕俊帮他拆开包裹以便验货，当滕俊还在琢磨该如何拆开这个包裹的时候，小伙子生气又着急地问道："你家京东自己的包裹，你还不会拆?"拆开包裹后，滕俊有些讨好地问了句，"这是什么东西?"没想到小伙子依旧很冲地回答："你自己卖的东西，你还不知道是什么?"

在当天送完游戏机之后，已是下班时间，滕俊迈着沉重的步伐回到配送站。这一天从早上8点到下午6点，他一共妥投60多个包裹。按照每个包裹1.5元提成来算，他今天可以拿到将近100元。

回到站里后，滕俊从口袋里掏出一天所有"到付"的纸币，投入验钞机后，验钞机突然提示"这张纸币有疑问"。滕俊瞬时表情凝重，整理好纸币的卷边后，他再一次把这沓钞票投入验钞机，确认无误之后，才松了一口气，"听到提示时心里咯噔一跳，还好不是假币，否则今天一天都白干了。"

把所有费用全部上交之后，滕俊掏出手机，边和同事聊天，边在配送站边上的彩票店花2元买了一注双色球。拿着彩票，滕俊略显尴尬，笑了笑说："也就抱着玩一玩的心态，每天买一注，哪天中了个十万八万我就不送快递了，随便做点什么小生意都行。"

一座城，两代人

沈阳大东站迟春华、恒大站陈佳实

11 点多，迟春华送完了第一圈货物，稳稳当当骑着他的两轮载重电动车回到了沈阳大东区配送站。这是京东 2011 年进入沈阳的最早三个以行政区名称命名的配送站之一，至今为止已经"分化"出去了 6 个新的配送站。大东站位于善邻路和黎明三街交叉点路口的居民楼一楼，门口的老式木地板因为天天卸货的货箱拖得已经磨损殆尽。整条善邻路南边都是老沈阳口中的"黎明厂"（沈阳黎明航空发动机公司）。"黎明厂"作为沈阳历史上的三大军工厂之一，在计划经济时代举足轻重，包括配送站所在的门市房，都是这个庞大工厂的家属区的冰山一角。站点墙上挂着的配送区域图里，一个逐年缩小的红线圈里，仍旧可以看到一个庞大的工厂和一条东北—西南走向的飞机跑道。

52 岁的迟春华手里捏着蹭满灰尘、已经快看不出底色的棒球帽，饱经风霜的脸颊通红，有些向下耷拉的眼角显得有些疲态。京东配发的褐色工作裤在左膝盖的内侧有些开线，右脚鞋尖儿印着"JD"的皮子边儿，也因为常年吃劲儿而线脚儿崩开。这个妻子早逝、女儿刚刚大学毕业的单身父亲显得缺乏照料，但却与这片社区的气质非常搭调。

他是这个站唯一一个从建站开始一直干满 5 年的"元老"，为他做证的不只是站长的赞誉，还有他送货的那辆电动车：它和主人的帽子一样遍布灰尘，仅露一些黑漆的底色，前轮后面的挡板早都撞得稀碎，还剩一点锋利的碎片边缘，四条直径 5 厘米粗的钢管组成的底架因为常年货物的重压已经有些像压扁

迟春华

的 V 字型。配发的凯旋门式的货箱挂在车子的后架上有些歪歪扭扭，显然是承载它的后货架变形了很多。

　　站点里其他的配送员都比迟春华年轻不少，客气地喊他"老迟""迟哥"，有的就直接喊他"老头儿"。每天装货时，大东站配送员们平时喂养的一条流浪狗都在货站门口对面的简易房里趴着看。迟春华每次都将包裹装得很满，货箱装满后盖子上还要再摞上几个箱子，一边用带着挂钩的松紧带捆着货物，一边赞叹着现在的松紧带比前几年结实了很多。小件儿装进大背包，然后放在电动车的脚踏板上，如果还有，那就再放进车筐一些。每次他以极其别扭的姿势，扭动车子的右把手颤颤巍巍地起步时，年轻的同事就会大声说："老头儿你该换辆车了，别舍命不舍财！"

　　听见这种半是揶揄半是关心的话，迟春华会扭头冲他笑一下，一声不吭地加速，汇入善邻路的车流。

　　其实即便是站长，也并不清楚迟春华在 46 岁来到京东前的经历。他曾是沈阳纺织厂的电工，1997 年全国纺织行业压锭减产开始了下岗潮，作为第一批合同工的他第二年自然只能"买断"了自己。在下岗后的 13 年里，迟春华打过零工，进过药厂，哪里都没有长久工作，妻子又在困苦中因病去世，剩下女儿与他相依为命。

　　为了女儿，迟春华起早贪黑，曾经每月千儿八百块钱的薪水就压在褥子底下，让上学的女儿需要就从下面抽几张钞票。女儿也很争气，一直成绩不错，转眼到了高二，迟春华背着女儿发愁未来上大学的学费。正好药厂的一份工作又快结束，同事上网时，他看到了京东招聘的消息。

　　作为沈阳的元老级配送员，5 年前刚开始送货时迟春华并不轻松，用网购的人少，配送的范围大，最远要走到小 10 公里之外的沈阳农业大学。即便是去近处的"黎明厂"，尴尬和忙乱依旧存在，货到付款的用户说划卡，迟春华才发现自己还不会使用 POS 机。第一次用户好说话，现金结了账，没想到隔天又是这个用户，还是要划卡，最后在用户的帮助下，他才掌握了这个自己天天带着的机器要怎么用。

　　东北的冬天，在户外对于任何带电池的设备都是个极大的挑战。10 月入秋，大东站"充电区"的四层铁架子上，满满登登放满了电动车的电池，嗡嗡的充电电流声给人感觉像是一台大功率设备——在温暖的南方，一块电池作为电动车的标配，可以满足配送员们跑满一天，但在沈阳的冬季，电动车的电池会被随时"冻"得没电，点儿背时配送员们只好推着几百斤的车子走，必须自己掏 400 元再单配一块电池，放在配送站的货架上一直充电备用。

　　随时"罢工"的除了电动车，还可能是 POS 机，"5 年换了四五代 POS 机，现在这个真不错，信号好，划完卡不死机，"迟春华说，"以前的 POS 机在冬天一划卡就爱死机，重启一次又要时间，要是在门口下来拿包裹的，冻得不行了都。"

　　不过迟春华并不害怕冬天的大雪，"无非就是慢点儿"，他更害怕的是雨夹雪和夏天的大雨，雨夹雪会穿透棉衣，让人生病，而大雨则可能淋湿包裹，让用户拒收。

　　迟春华电动车的前护板就是在一场大雨里因为撞了人折断的："那天下雨，骑车回配送站，POS 机突然响了有人下单，那时的机器不好用，不立刻按的话就会死机，我们就会被差评，结果刚掏出来 POS 机，一抬头发现前面就是一个打着伞的姑娘，80 多斤，嗖的一声在我面前弹了出去。"

　　迟春华赶紧把对方送到了医院，检查之后万幸没有骨折，好说歹说，最后赔了人家 2000 块钱——当时一个月的工资就没了。从此之后迟春华骑电动车十二万分小心，虽然车子越发残破，但却再也没有出过事故。

　　入职第一年，工资比预期高，虽然知道"618"和"光棍节儿"很忙，但过春节还正常放假。从第二年开始，随着沈阳"亚洲一号"仓储的启用，加上原来"沈北仓库"的货量，送单量开始噌噌上涨，虽然工资也跟着涨，但春节的假期就只能轮休了。大年三十儿，包括迟春华在内，2/3 的配送员都要值班送货，心里越是着急，货车却下午 4 点钟才慢吞吞到了门口。傍晚配送时正是东北人放炮最狠的时候，密集的鞭炮和二踢脚的爆炸声让迟春华打着手机嗷嗷吼着也听不见用户说的地址。

女儿上了大学，交了学费，迟春华每月还能给女儿 1000 元生活费，当然，一年到头也存不下什么积蓄。寒假暑假，迟春华都基本没有什么时间专门陪过女儿，"承诺了几次给她过生日，最后都没实现，"迟春华不好意思地咧嘴笑笑，"倒是她还时不时给我张罗一下，放假回家每天晚上就给我做饭。"

和大多数配送员一样，迟春华兜里揣着两部手机，一部是老式的功能机，待机时间长，用来跟客户打电话，另一部则是女儿淘汰下来的一部 N 手 iPhone4，功能键早都塌陷下去失灵，触摸屏反应迟钝，屏幕边缘留着一圈脏兮兮的保护膜的痕迹。因为现在每天要上专门的 APP 上打卡，所以迟春华不得不用。在打卡的页面上，他名字下面的信息是：配送总里程 146530 公里，配送总时长 2103 天，配送总单量 97687 单。

在这个城市的北面，26 岁的陈佳实可能还不会有迟春华这般对生活辛酸的体验。如果说大东区、大东站和迟春华代表着这个城市的过去，那边才成为配送员半年时间的陈佳实和他所在的恒大配送站（2014 年建站）以及北陵西边的地区，则代表着这座城市的"新"。虽然东边同样有着一条"沈飞"的飞机跑道，但这片住宅区楼盘的名字里，充斥着"阳光""七彩""花园""春晓"这样的字眼儿。

与土生土长的迟春华不同，陈佳实是恒大站里唯一一个来自辽宁省之外的配送员。老家在吉林长春的陈佳实，最初的择业同样非常"东北化"：吉林有一汽，所以就学了汽修管理，结果 2013 年毕业时被分配进了一汽在佛山的"四厂"。虽然专业对口，薪水优厚，但陈佳实的身体很快就开始水土不服，三班倒时恶心失眠，严重时喝口水都闹肚子。

随着同一批去广东的北方同学慢慢开始归乡去 4S 店、一汽的"丰越厂"甚至去当售楼员，陈佳实也开始想回到北方。父母本来不同意他放着每月 8000 多元的薪水，但学医的五姨心疼外甥，吓唬他爸妈说："年轻时总这样落下病，将来结婚孩子都生不出来了！"这才同意陈佳实离职。

回家休息了不到 3 个月，他到沈阳来"投奔"姐姐，在姐夫的介绍下，到京东做起来快递员。师傅老尹带了他熟悉路线，结果第二天骑着借来的电动车就把路边一辆索纳塔给刮了道漆，赔了 400 元。大家打趣他说，你必须得入职啊，要不太赔了。

入职后，恒大站因为原来的房东停租搬了家，站长助理在新站刚抹好的水泥台阶上趁水泥没干画了一只京东 LOGO 的小狗，陈佳实则给狗补上了两条后腿。因为搬家，分配给陈佳实的配送区域变成了离配送站最远的东北部，后来又把离配送站一条马路的一个小区归他配送。陈佳实的配送路线非常"分裂"，他每天先要拣出近处小区的包裹，风驰电掣送上一趟，然后再开始拼命送远处的包裹。他的两轮电动车与迟春华的型号一样，但装电池的底架已经被他撞得掉了漆又生了锈。货站没有货箱给他用，他就只能用车架上两纵两横的松紧带和挂钩将箱子左中右配重再紧紧捆牢。

陈佳实配送的区域"画风"多变，每一个路口转过 90 度，可能是整整齐齐的楼盘，也可能是黑土混着碎砖、坑坑洼洼的小路，电动车轮溅起泥水，进入一个工厂，抱着包裹刚要推开玻璃门，房顶的平台便传来一声恶狠狠的狗吠，一条拴着铁链子的狼狗气呼呼地盯着他这个不速之客。

2016 年的"618"是陈佳实的第一次"考试"，那天沈阳下雨，恒大站的配送员们支起雨棚奋战了四天半，才把包裹全部送完。老配送员给他讲"双11"更恐怖，后面还连着万圣节、圣诞节、元旦、春节，结果陈佳实这个 90后咧咧嘴表示满不在乎，"干呗！"

陈佳实干活确实不惜力，每天上午下午，都要顺路在便利店各买上一瓶1.5 升的瓶装水，上午可能是农夫山泉，下午也许是怡宝，反正每天 8 点结束夜送，车筐里的两个瓶子一滴水都不剩。

但年轻毕竟还是有些毛躁，中午"二传"的货卸完按片分拣，他抓着一个包裹挠起了头："北固山路 20 号 60 门？这是哪儿啊?!"

旁边的师傅也惊讶道："多大个楼啊，有 60 个门？"

师傅老尹接过包裹仔细看了眼，扑哧一声笑了出来："什么 60 门！地址上写是北固山路 20 号 6—10 门！这不就是咱隔壁嘛！看你这钱挣的，你要给整多老远啊？"

师傅说完，出门只用了 1 分钟不到，便把包裹送了出去。

游走在中缅印三国边境

云南瑞丽姐告边境贸易区郭玉红

　　郭玉红每天的工作简单，但不失趣味。作为京东云南省瑞丽市姐告边境贸易区的配送员，在姐告 1.92 平方公里的土地上，以及 4.18 公里的边境线上，每天可见其忙碌的身影。受亚热带季风气候影响，以及工作时间的安排，今年他已经熬过了 100 多个 35℃的中午，黑了也瘦了。

　　"尽管累，但不枯燥。"这是他对工作的评价，理由有两方面：一方面这是他做过性价比最高的一份工作；另一方面在姐告的缅甸人购物习惯正发生改变，他也参与其中。

知晓边境线上的每一个角落

京东配送员郭玉红天天往返于瑞丽姐告，在很多人看来这是一件奢侈的事。

2000 年 8 月，国务院授权国家计委批准设立了"瑞丽姐告边境贸易区"，按照"境内关外""双线管理"，集贸易、加工、仓储、旅游四大功能为一体的特殊模式实行管理。姐告与瑞丽城区隔江相望，国土面积 2.4 平方公里，实际可利用面积 1.92 平方公里。边境线长 4.18 公里，设有 9 座界碑、3 条通道（国门通道、中缅街边民通道和货物通道），是"中缅""中印"公路的交会点，是我国通向南亚东南亚最便捷的陆路口岸。

也就是基于这样特殊的政策和地理位置，很多人因商而聚集到姐告，其中也包含大量缅甸人。作为正在改变国内外人们生活的电商，瑞丽的这项数据位居云南前列，这样的购物模式正给在姐告经商的缅甸人带来便捷，其中每天便有百余票购物源自京东。而把货物送到这些缅甸人手中，也就成了郭玉红的日常工作。

2016 年 5 月份，郭玉红来到了京东配送员这个工作岗位上，在将近半年的时间中，他的身影每天出现在姐告的大街小巷。作为典型的亚热带季风气候城市，瑞丽的节奏比云南其他城市慢了许多，每天上午 8 点多钟，瑞丽当地人还处于"懒洋洋"状态时，郭玉红就得开始自己的工作。"京东在瑞丽承诺的是'隔日达'，货物运抵瑞丽后必须当天送到客户手中。"

每天工作开始的第一个环节便是按照派送区域来分拣装车，这在郭玉红看来是个很有门道的活儿："因为现在我们配送的车辆是封闭式的三轮车，为了避免在送货过程不必花大量时间来翻找，在分拣装车环节就必须得先装距离配送地远的，而后是近的。"

每天上午 10 点左右，郭玉红便满载货物出发。京东瑞丽站在设站点时，似乎也考虑到了缅甸人购物的问题，站点的选址也更靠近姐告。每次郭玉红电话联系上顾客之后，几乎就可直接从车上将货物递给客户，这是很多新来的配送员所做不到的。

虽然前往姐告的路上也会有派送的货物，但郭红玉的主战场还是在姐告，所以每天当郭玉红的三轮车跨过姐告大桥，他的配送工作才算是真正意义上展开。

在他看来，除了每天在边境线上和缅甸人打交道与其他派送员的工作存有差别，别的层面相差不大。"因为姐告属于中方领土，配送时主要采用的语言也是汉语，也有少数人用缅语，接触多了，也就学会了缅语的简单词汇。"据郭玉红透露，"缅甸人在京东平台上的下单大多钟情于机电产品，尤其是像小米手机一类的产品。因为缅甸这些产品稀缺，甚至在京东平台上购物，已成为他们重要的'炒货'渠道了。"

35℃下的配送高峰

中午时分，正是郭玉红每天工作的攻坚阶段。"因为大多数缅甸人外出，中午才会回到派送地址所在地。"这时是一天温度最高的时段，而熬过高温也成了郭玉红的工作所必须面对的。

就在近日各地天气渐凉的大背景下，姐告的最高温度依旧在30℃以上。"这已经算是好一些的了，之前中午最高温度在35℃以上。"据郭玉红讲述，今年他熬过这样的高温中午超过100多天，人比之前黑了不少，还消瘦了七八斤。

在瑞丽这样的特殊气候下，夏天会触发一种名叫登革热的疾病，之前郭玉红的一个同事便遭遇此病。据悉，登革热是登革病毒经蚊媒传播引起的急性虫媒传染病。登革病毒感染后可导致隐性感染、登革热、登革出血热，登革出血热我国少见。因此京东配送员现在每天除了在站点做好防护工作，还会在派送货物出发前，做好相应的防御工作，比如在工作服上喷洒驱逐蚊虫的药剂。

自然因素带来的困难只是前提条件，一些人为的因素也正成为郭玉红工作道路上所需突破的困难。

"因为中午较热，姐告这边人都有午睡的习惯，所以在中午时分的一些配送，通常电话都打不通，我只能在他们午睡前预约。"郭玉红说，"但失约的概率还是居高不下。"这样一来，除了继续电话沟通、等待而外，一些一次没有派送好的货物，他还需要二次派送，甚至最终面临着退货的风险。

据郭玉红讲述，由于过来姐告的缅甸人大多是做生意为主，经常是短期居

郭玉红在姐告"国门"附近配送

住。这样一来，就很容易造成电话无法接通，以及人离开姐告就无法收包裹。"还好这一块的比例较小。"

尽管包裹只有百余个，但每天郭玉红在姐告还是要花四五个小时来配送。"这个效率较送瑞丽城里的低了不少，我对比发现，原因在于，好多包裹都是货到付款。"郭玉红将原因归结于"很多缅甸人没有中国境内银行的银行卡，在中国电商平台上也没其他更好的支付渠道，就只能采取货到付款的模式"。

在华缅侨成为新客户

一直以来，由于缅甸制造业相对较弱，机电产品在姐告的贸易格局中占据大头，姐告进出口贸易得以勃兴的缘由便在于此。以手机为例，每年就有数百万部通过姐告流入缅甸市场。

"以往缅甸人大多是通过经销商渠道来购买，在京东配送点驻瑞丽后，一些缅甸人开始在京东的平台上购买。"郭玉红说，"和国内一样，缅甸人对智能手机的需求量也比较大，一次性购买十几部以上的小米手机时有出现。"

缅甸华侨范先生在京东平台上购买东西已有一年多了，积分达到了 5 万多。"从品质角度来看，中国的明显好于缅甸的，能在京东上购买的，我都在上面购买。当然，其中也少不了像郭玉红这样配送员的功劳，要是没有他们，在京东平台上下单要经过多方中转后才能接收，时效可能就没现在这么快。"对即将到来的"双 11"，范先生表示很期待。

而"双 11"的到来，也就意味着郭玉红的派送任务将会大幅增加。"作为我们这样靠体力来吃饭，累是肯定的，但穿着京东这身工作服就得把客户至上的理念落到实处，特别是对于缅甸客户这样的消费者来说，各个环节的体验更加重要。"

郭玉红所在的瑞丽业务量在快速飙升。较 2015 年，京东在瑞丽的业务量增长了 10 倍，眼下仍旧以百分之二三十的速度增长。"其中原因也有缅甸人下单的增长。"也就是这样的增长让郭玉红的收入在瑞丽步入有竞争力的行列，甚至在他看来这是他所有从事过工作中性价比最高的。

初中毕业后，郭玉红就开启了打工生涯，去过广州，待过北京；做过车间工人，也做过啤酒销售人员。"做京东配送员比其他的更具保障性。"据郭玉红讲述，他的收入已成了他家庭经济的主要来源。

对于未来，郭玉红寄希望于有更多的缅甸人在京东上购物，而这在他看来是有迹可循的："因为按照国内经验来看，随着缅甸经济的发展，姐告的缅甸人在未来加大购物力度将是必然。"

对此，上述缅甸华侨范先生也表示认可：要是京东平台上对外国消费者多一些便利措施，比如解决了"不是所有商品都支持货到付款"等阻碍他们购物的问题，下一步他们将会加大购买力度。

为了进一步做好这份工作，郭玉红目前觉得非常有必要强化自己的缅语学习。"虽说现在接触的用缅语沟通的顾客较少，但是随着趋势，必将有更多缅甸人参与进来。"据郭玉红讲述，现在每个月接触到只能用缅文交流的顾客仅一两位，要是没有华侨在旁边，刚开始的时候都是用手指来各种比画，"时间久了，学会简单的缅语交流，也学会缅文中的数字读法"。

京华内外

北京海淀站李超军、海运仓站马卫军、怀柔站张书华

在以 90 后作为主力军的配送团队里，43 岁的李超军很容易被人一眼认出。和年轻人干活的风风火火不同，他做起事情来有着和年龄相符合的稳健，看起来慢条斯理，可每次都能比其他人更早把车装完。

"干了十年了，咋还不能比别人装得快？"李超军笑起来眼角的皱纹就挤到了一块儿。

李超军骑着装满包裹的电动三轮车穿梭在中铁研究院的办公区和家属区之间，车速并不快，因为他总是要和过往的熟人打招呼。停车取货的时候，李超军一边理货，一边和相熟的人聊着天，聊天的内容上到单位的人事调动，下到市场蔬菜的价格。聊完，李超军扛起货，刚要按单元门禁，一位老先生帮他刷开了门："赶紧进去吧，我刚才看他家有人。"

这位老人解释说："这小伙子在我们院送了 4 年多，天天能看见，我见他的次数比见我儿子还多。"说罢，旁边一群晒太阳的老人一阵哄笑。

"铁研院"俨然就是李超军的第二个家，哪家的住户在铁研院哪个单位上班，张家的谁和李家的谁在一个办公室，他都如数家珍。用那位帮他开门的老人的话说："这些事儿他门儿清，给他个工会主席他都能干。"

但其实每一个从李超军手里拿走包裹的人可能都不知道，眼前这个貌不惊人的配送员其实是个百万富翁，作为京东最早的一批员工，李超军当时分得的股票价值早已够他"退休"。可这一切并没有改变李超军的生活，"俩菜足够，

多了浪费。"

在李超军河南开封老家，他的儿子同样也是京东的快递员，"去年刚成了站长。"令他有些懊丧的是儿子和已经谈婚论嫁的女朋友分手了，白白赔了 3 万多的彩礼。

2006 年，李超军所在的海淀配送站曾是当时北京最大的配送站，即便如此，站点也只有 5 个人。李超军初到京东第一天，只分配到了两件包裹，不到上午 10 点，两件货就全部送完。那时李超军就凭一辆自行车，每天能在海淀和西城两个城区扫上一遍。

慢慢地，配送任务越来越多，自行车换电动车了。2015 年"618"，李超军和站点的同事没日没夜地忙了 4 天才把货全部送完，"300 件，一天全部送完！回去睡两三个小时就得起来卸货，十年前哪想过这个？感觉跟做梦一样！"

那时在中关村派送的时候有次不慎丢了一件价值 2000 元的包裹，是当时李超军一个多月的工资，他一下子蒙了。后来的两年时间里，他路过那个大楼就发憷。

正当李超军盘算怎么节衣缩食过一个月的时候，当时站点的同事们每个人掏了 50，凑份子似的把赔款给他凑上了。下个月一发工资，李超军就请大家好好吃了一顿，还唱了 KTV。

现在，李超军所在的站点负责人是他的徒弟，比他晚进公司几年的同事有的都做到了负责几个城市物流配送的高级经理，李超军却依旧执意做一线配送："几年前就和我谈过，让我坐办公室，我试了一天，第二天就浑身难受，憋得慌，老想往外跑。干不了，我就是闲不住，出去跑我心里踏实。"

2011 年，京东在鸟巢办了一个"五年老员工"聚会，参加聚会的有 80 多个人，每人发了一部手机。当时刘强东用喝白酒的那种透明高脚盅儿挨桌儿敬酒，敬到李超军这桌时，李超军拿起一次性纸杯，"我和刘总说，小杯没意思，咱拿大杯喝，刘总说我要是能说出个理由他就喝，你猜我说啥？"李超军眼里透出一丝狡黠，"我说，这是我代表所有一线配送员工敬您的一杯酒！刘总说这酒我必须得喝，就和我喝了一大杯。我以为就完事儿了，结果刘总敬了一圈，又让人来叫我，跟我单独喝了一杯。"

马卫军装车的习惯是喜欢比同事们晚半个小时："得先在脑子里想好一会儿派件的路线，然后按区域顺序和门牌顺序摆件，尤其是大件绝对不能摆错，放错了位置其他货拿不出来特别耽误时间。"

这个习惯的养成来自于他配送区域的特点，来到京东两年半的时间里，海运仓站下辖的这片"胡同儿区"一直是马卫军的配送范围：北边的簋街是繁华的餐饮市场，南面的东四十条胡同是相对静谧的居民区，除了住户又分布着写字楼、学校和商铺，片儿区大而杂、客户类型多而广，是马卫军工作的一大难点。漏送一件走个回头路来回耽误的时间都不止 30 分钟。

18 岁时马卫军就只身来到北京，他几乎尝试过所有"北漂"的入门级职业，送过矿泉水、摆过水果摊、给库房配过货、也当过保安队长。但初来乍到东直门，东拐西弯的胡同儿还是愁坏了这个西北小伙子，"你进得去，出不来。要不就是进去了，转好几圈也找不到门牌号。"巴掌儿大的门牌上印着指甲盖儿大小的胡同儿名，一不留神就容易看错地址。门牌号倒是有拳头大小，但不了解北京胡同的人很容易被绕得晕头转向，"有的进去是一家一户，有的一进去好几个门牌号，根本闹不清楚哪家住在哪个门里。"

马卫军就这样边问边找，在一次次的"回头路"中摸清了胡同儿里路线的门道儿，也在一次次的探路中觅得了胡同儿中的"生存之道"——见到年纪大的老人就叫"爷爷""奶奶"，碰到年纪稍长自己的就唤"哥""姐"，两年多时间下来，十几条胡同里几乎没人不认识这个嘴甜的小伙子。"我平时特别注意处好跟阿姨的关系，不信你就看看，这胡同儿里要是有一个阿姨说你不好，过不了两天整条胡同的阿姨都得说你不好，那工作还怎么做？"

想好了路线的马卫军像个魔术师，不一会儿的工夫就把地上 100 多件杂乱的包裹整齐地码进了车里，满满当当的车厢挤不进一缕空气。如今马卫军哼着歌、骑着快递车穿梭在胡同中，少了几分身为异乡人的孤独感，反倒在一条条胡同中骑出了感情，"骑着骑着就像回了家，这里的房子，这里的人，亲切又熟悉"。

对于一天最多工作 17 个小时的马卫军来说，早餐一般吃得多，午餐可能要下午 3 点才吃，每天晚上结束"夜送"10 点半回到罗车胡同 13 平米的家里，妻子都会给他做好一碗热汤面。

张书华

"他的工作基本不能按时吃饭，老不吃饭胃坏了，外面的饭吃了不舒服，每天晚上都愿意回家吃一口面。"马卫军的老婆心疼地看着他，"经常在晚上睡觉的时候，他突然就起来了，说腿抽筋了，我就赶紧给他揉揉。"

如今，留在老家的8岁的孩子是马卫军最大的牵挂，"上次见到他，我感觉都快不认识了，跟不上他的思想，他说的话我都得思考半天想知道怎么回复他。变化太大了。"

与城里的李超军、马卫军们每天在北京城区的穿梭往来不同，在北京怀柔郊区的张书华只用了两年多的时间，就走了超过21万公里的配送路程。作为"带车入职"的快递员，北京怀柔雁栖站站长更习惯叫他"带车司机"。普通的三轮车送货覆盖半径是5公里，张书华则要开着他的长安微面从配货站所在的新峰村出发，沿着111国道一路向北，第一站就是60公里开外的长哨营满族乡，最北能到将近100公里的北京与河北交界处。

111国道就像鱼骨头的"脊柱"，投送包裹的村子一般分布在国道两侧的山沟里，进村的路便像一根根从"脊柱"分叉出去的鱼刺。无论是京东还是顺丰的快递员们都习惯将村子称为"沟"，大的"沟"有上百户人家、完整的乡镇级行政机构，小的"沟"可能只是一户在河边挖石材、种经济林、开养鸡场的人家，浅的"沟"可能就在国道边或下道三五公里，深的"沟"可能要开车走上十多公里，连手机信号都没有。有些"沟"甚至是一些临时的施工指挥部，在过去两年111国道修建隧道的时候，张书华甚至还给工地上的工人派过快递，包裹直接送到隧道口的工地。

每天清晨6点半，"一传"（第一班）的货车会将1000件左右的包裹准时送达配送站，张书华与同事们一起卸车、验货、分拣、装车，在9点开车出发前，猫着腰拿着POS机扫码似乎是他固定的姿势。他的微面是长安的产品里最便宜的一款，挂着老家张家口的车牌，只能在北京的六环外开。两年多的超负荷使用让这台微面车况堪忧，车内车外都落满了灰尘，车厢里也只留了一排座椅好方便装货，怠速时车子抖得厉害，"总是着不住火（熄火）"。

一般早上10点，张书华的车会到达长哨营的镇子，第一单包裹是件衣服，收件的大姐让他把车开到邮局，张书华下车后习惯一路小跑，大姐拆了衣服捻了下料子，就以"太薄"为由拒收了。

虽然"开门不红",但后面还算顺利,张书华开着微面,在镇子正在修下水道的主干道上蝴蝶穿花一样前进、倒车、掉头,躲避着隔离桩、沟渠、架线的梯子、村民铺在路上晾晒的葵花籽,将一件件快递送到卫生院、司法所、学校、加油站——几乎没有一个收件人是跟地址对应的,但张书华说,他一般都知道他们这个点钟会在什么地方,送了两年多,太熟悉了。

送完第一站,时间差不多用掉了 1 个小时,剩余的路程,张书华开着车一直在与时间赛跑:生鲜要在 12 点前送到签单,"211"快递要在下午 2 点前送到客户的手上,"华北区"的包裹则要求 3 点前派送完毕——等待着客户出来取件的时候,他就弯腰伏在方向盘或后排座上抓紧拿 POS 机做结算单,偶然又会看到一个包裹上的地址单,紧张地问:"金华是什么地方啊?是华北吗?"

平时一天,张书华要运送 200 件左右的快递,还要收取几件用户的退货。送到最北边的"沟"时一般都要晚上 7 点左右,返回配送站,最早也要晚上 8 点半左右。当最后一件包裹交到用户手里后,张书华紧张一天的身体终于松弛下来,腰酸背痛的感觉"一下全出来了"。收车时,他会照惯例拍一张仪表盘里程表的数字,再与早上的里程数相减,好填燃油补贴的单子。

手机的计算器显示,这一天他派送完 161 单货物之后,车子整整跑了 274 公里。

穿行在雾霾之下

北京朝阳区亚运村站宋照贵

12月15日晚上20点起，北京市启动了2016年以来空气污染级别最高的红色预警，建议居民减少户外活动，车辆进行单双号限行。

"您好，这是您的快递，请签收。"35岁的宋照贵是京东在北京朝阳区亚运村站的一名配送员，尽管从12月15日晚上20点起，北京市启动了今年以来空气污染级别最高的红色预警，建议居民减少户外活动，但由于工作缘故，宋师傅坚持在雾霾天为人们送货。

其实，不只是今天，宋师傅坚守在配送一线的岗位上已经将近6年了，对雾霾天有点司空见惯。

宋师傅来自四川宜宾，主要负责位于北四环附近的对外经贸大学的订单配送，客户主要是该校的师生及家属。见到宋师傅的时候，他刚从一栋楼里出来，宋师傅今天给一位姓汪的老师送货，由于是老用户，宋师傅和汪老师已经熟识了，这次，汪老师从京东商城购买了一个5只装的"3M"口罩，刘老师签收后想要送给宋师傅一个，宋师傅微笑着婉拒了。一是公司有规定，配送员不能收取客户赠送的任何礼品，二是公司已经派发了口罩。

宋师傅说："雾霾天送货特麻烦，我经常要给客户打电话，戴口罩不方便，而且要经常和客户交谈，戴口罩感觉有点别扭，客户也听不太清楚。"

对宋师傅来说，雾霾天送货和平时没有什么两样，特别是在北京这样的重污染城市，他已经习惯了。而他最在乎的，反而是送货的速度，因为这样的天

正在京东北苑站卸货的京东纯电动传站车

宋师傅出发准备完成"夜间配"

京东亚运村站，站长组织快递员从传战车上卸下 今天需要配送的货物

卸完货紧接着就是装车，这时候大家都争分夺秒

4名马上要在雾霾中出去送货的京东小哥，都戴 上了防护的口罩

早上8点，站长正在给配送员宣讲，一再叮嘱配 送员要优先保证自身安全，佩戴口罩、头盔等防 护装备

气，会在很大程度上影响配送车的行驶速度。宋师傅每天大概要送200个订单，京东"夜间配"服务推出以后，宋师傅有时要在晚上10点才能把当天的订单送完。

雾霾天气，其实最紧张的还是配送站的站长们，他们除了要确保该站服务片区的订单的时效性，也十分关注配送员的人身安全。尤其是在雾霾、雨、雪等恶劣天气下，站长一再叮嘱配送员要优先保证自身安全，佩戴口罩、头盔等安全防护装备；行车时注意交通安全，特别在能见度不高、道路条件差等特殊路段需控制车速，遵守交通规则；雨雪天气需要使用雨布遮挡好货物，以免货物受损。

宋师傅说："我们站长还经常教给我们一些防雾霾的小窍门，如尽可能地减少户外时间、短暂停留、平和呼吸、经常洗脸洗手、室外呼吸多用鼻子少用

宣讲结束，小哥们出发了

快递员小刘最早要送出的是冷链生鲜产品

嘴巴等等。"

宋师傅说因为雾霾天，他也看到了一些变化，路上的电动车多了，站里的传站车也变成电动的了，很多人会在雾霾天收到货特意对他说声"谢谢"，虽然天气恶劣，内心却是热腾腾的。

在我们对雾霾避之唯恐不及的时候，就是宋师傅这样一群人，为了满足大家的需求，穿梭在城市的大街小巷里。他们风雨无阻，只为能够准时地将包裹送到人们的手中。设身处地地想想，假如我们没有及时收到包裹，或许应该少一些苛责，多一些谅解，少一些怨怼，多一些微笑，因为宋师傅们送的，是一个有温度的包裹。

雾霾之下，还穿行在这座庞大城市角落里的人群中，宋师傅只是其中的一员。在我们躲在屋里，静静等待"霾"在苍穹下散尽的时候，他们因为工作的性质依然不停止地从一个街角到另一个小区，从楼宇单元到站点大门。快递员们很可爱，也很朴实，完成工作并为让每一个客户去签收而不断努力。当"你我他"去收每一件货物的时候请和他们说"谢谢！"，这是动力的源泉、继续的理由。

"车神"暴走八条沟

北京门头沟军庄站刘亚宁

刘师傅的造型就像《头文字D》里的藤原拓海

第一眼见到刘师傅,就让人想到了日本漫画《头文字D》里的一个角色——藤原拓海!不过他送的可不是"豆腐"而是"包裹"。

刘师傅名叫刘亚宁,军庄本地人,是京东门头沟区军庄配送站的一名山区快递员。军庄站是北京西部门头沟区最重要的一个站点,覆盖总面积达1455平方公里。山地面积占98.5%,是北京市唯一的纯山区。刘师傅的配送区域里有著名的灵山、百花山,也有著名坡道"东方红隧道"。

第一次见到刘师傅的车,也让人大吃一惊!军庄车神的座驾不是微面,而是东风起亚。"车是自己的,我平时跑得远,这车舒服也快。"农村配送员大都是用标准的面包车跑路送货,用小轿车送货还是第一次碰到。别小看这个普通的非专业快递车,经过刘师傅的理货之后,小车可以轻松装下50—60单货物。

出发前站长跑出来:"刘,注意慢点再慢点。"刘师傅脸上没有任何表情,接着就出发了。

问:"一天要送多长时间?"

正在 109 国道等待客户的刘师傅　　　　　　车后装满了快递包裹

刘师傅："10—12 个小时。"

问："一天要跑多少公里，最远能到哪?"

刘师傅："340 公里以上。"

问："大概有多少货物，要去多少个村镇?"

刘师傅："八条沟。"

问："什么意思?" 刘师傅没有回答。

刘师傅话很少，沉默中，踏上了今天的送货旅程。

这是今天的第一单货，看了看时间已经过去 50 分钟了，刘师傅到达了距离军庄站点 47 公里外的淤白村，货物是老先生的亲戚在城里下的单。农村配送和城里很不同，往往都没有详细的地址，要靠快递员和客户约见面的地点，往往是村口或者村委会门前的广场。

接下来立即赶往距离淤白村 7 公里以外的景区，这次送的是一箱方便面，好不容易开上了山，但是在约定的接头地点并没有人，刘师傅只能打电话："呀! 没有信号，只能下山去打了。" 刘师傅无奈地上车又往山下开去。山里经常这样，信号一会有一会没有，没信号只能去山下去找。

到了山下，终于打通了电话，客户让他上山之后大喊"湖北老乡收快递"。刘亚宁说笑："这个是暗号。"

几经辗转，在当地人的指引下，刘车神终于找到了客户，是一位从湖北来这里打工的先生，主要负责维修这里的寺院，这里距离最近的商店要走 10 公里，买东西太不方便了，当他发现京东居然可以配送上山就一直在京东上购物。

从景点出来刘师傅打算走近路去下一个村镇，不过车开到一半，发现因为昨天的大雨，不太平整的路面积水太深了，刘师傅打算不冒险了，因为影响了时效是大问题，本想抄一些近路节省 7 公里，反而又多绕行了 5 公里。"我刚来的时候，很多路都不认识，电子地图加上各种打听才能找到客户，现在随便去哪都知道怎么走，各种山里的小路什么车能过、怎么能近都清楚，再牛 × 的地图也不如我的脑子。"刘师傅说。

这一路，刘师傅配送的各个地点，有些地图上都是没有的。从军庄出来，整个门头沟区的配送都要围绕 109 国道进行，所有的村镇都是分布在垂直在 109 国道上的支线路上，这些支线大多是在两座山之间，当地人都叫作"沟"，整个门头沟有十几条。对于刘师傅来说，即使一条沟里只有一个订单也要配送到，久而久之就用沟的数量来计数，这才有了刘师傅口中的"八条沟"。

沿河城在刘师傅配送区域里算比较偏的一个地方，它距离河北涿州只有 12 公里（其实只是一山之隔），经常有河北的客户填个北京的地址，然后让刘师傅送过去，刘师傅很实在地说："其实有点不太情愿，毕竟超出了配送区域"，不过每次他还是尽可能都会给客户送过去，"使命必达嘛"，刘师傅说。

"山里什么事情都有。"刘师傅绘声绘色地讲起山里遇见的事情，比如发生过灵异事件的加油站，比如撞到过山鸡，比如遇上过塌方……

除了送货之外，刘师傅很少有地主动停车，夏天大马路上实在太热了，车子驶入在两山之间的小路上就会凉很多，刘师傅常常在一处山坳里停车、检修、休息，"外头人叫这里一线天。"

一天送货下来，刘师傅的汽车行驶了 342 公里，他还要继续开 46 公里回到配送站结账，所有货到付款都必须当天完成结算。换句话说军庄车神今天开了 388 公里，90% 是山路。

刘师傅曾对来访的媒体这样形容他的快递工作：

"大山里的村民非常实在，从来不催单。"

"遇到好多天大雨或者大雪封山，单子根本没法送，客户也不催单，为了送一个单子让你冒险上山，他们心疼。"

"每天开车两三百公里，很寂寞的，有时候会追追松鼠，有时候会跟着别人的车，自己给自己找些乐子。"

这是北京门头沟著名景区爨底下村，刘师傅几乎认识这里的每一家商贩，这不，一家熟悉的商贩刚买了一把菜刀

一天里的最后一单，地点是门头沟大村，上午刘师傅从这里路过了，但顾客改了地址，晚上又折返过来。此时是 18:26，距离出发整整 12 个小时

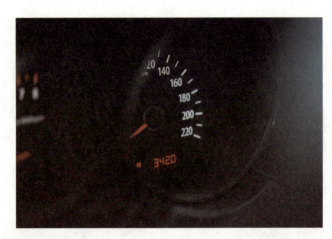

一天下来跑了 340 公里，还没有算上回到配送站的路程

"我每天 7 点钟吃完早饭出来，什么时候送完单子什么时候吃，经常要到下午四五点，甚至六七点才能吃午饭。中午吃饭太耽误时间，而且手里有货心里不踏实。"

"经常有客户让我给另外一个村子捎东西，其实我可以不去，但我从没有拒绝过。"

"在这里送货最怕车坏在半路上，你要先找到有信号的地方打电话，让配送站的同事过来救援。"

"有个客户有一次让我捎两盒膏药给 20 公里以外的一个朋友，事情办完了扔给我两盒烟，我打死都不能要啊，这个是情分，更是规定。"

这就是刘亚宁，像一名寂寞而充实的"车神"，穿梭在门头沟的大山里。

老任和他的百万豪车已经融洽相处了4年

开着百万豪车上路

北京—广州干线货车司机任传龙

单程 2300 公里、拉货 40 吨、往返 96 个小时……这一连串的数字，展现的是京东北京—广州干线货车司机的"彪悍"。在京东仓储的众多货车司机里，华北仓储北京转运中心的大货车司机任传龙不是岁数最大的，也不是身体最壮的，但他却保持着一项前无古人的纪录——他是京东头一个开上百万级豪车车头的大货车司机。

一转眼，接车 4 年多了，任师傅和他的瑞典产斯堪尼亚货车车头在京广线上已经安全行驶了 115 万公里，相当于绕着地球赤道跑了 28 圈！

"这车皮实，爬坡儿特有劲儿，跑长途不掉链子。"自打开上了这辆售价近

每次出车前，都要仔细检查车况

百万元人民币的豪车，任师傅对待它就像对待自己的孩子一样。傍晚 7 时的天空还亮着，在华北仓储北京转运中心的停车场上，他正和搭伴的司机辛楠楠一起对车辆进行出发前的重点养护，车容车貌、总共能够装下 900 升柴油的两个油箱，还有斯堪尼亚特有的后轮悬浮桥……

仔细检查完外观，俩人又登上了约 3 米高的驾驶室。两位司机的年龄相差 10 岁，32 岁的小辛打来了一暖壶开水路上喝，在老任眼里，"这孩子话不多，但干活特别稳当，我们俩人在长途路上换着开车，换我休息的时候我能睡得特别踏实。""任师傅就像个大哥，工作生活中对我特别照顾。"小辛说着打开了老任带来的双肩背包，里头满满地装的都是方便面、饼干、火腿肠……

作为京东物流的干线线路，京广线全长 2300 公里，老任和小辛从北京出发，沿途经过河北、河南、湖北、湖南，一路南下到京东广州转运中心，路上除了上厕所的时间，基本是"人歇车不歇"，务必在 36 小时内抵达——用时多了少了都不科学、经济，因为要最大限度保证不跑空车，北京、广州这相隔千里的两地转运中心，必须提前把需要长途运输的订单算好，把 15 米长的集装箱装满。

为了保证驾驶安全，老任和小辛在早上 8 时把货物送达广东后，必须要就地休息至少 12 小时。在临睡觉之前，老任总是习惯给他老婆打电话报平安，因为常年跑长途，这两口子虽然都在京东华北仓储工作，但每周见面的时间也就只有一两天。"以前在山东老家，我自己买了辆货车，就靠着自己拉长途跑单帮糊口，家里老人都特别担心，我出车时都不敢跟爸妈说。"老任说，以前

近 3 米高的驾驶室里有床，这里是老任在高速公路上的家

不光是斯堪尼亚，价格不菲的奔驰、解放都是京东物流的主力车型

路上如何保障车辆及货物安全是驾驶员的必修课

是不敢跟家里说去哪里跑长途，现在是不用说了，"老人知道我在京东这家大企业工作，放心得很，不用常给他们打电话报平安了。"

虽然不用担心货车在路上抛锚，但身为一名资深的长途货运司机，老任也经历过不少遭罪的时候。

最常见的问题就是温差，尤其是冬天，北京、广州两地气温相差近 30 摄氏度，一路上把棉衣穿穿脱脱，最容易感冒。

堵车，也是长途车驾驶员的一块心病。老任对此深有感触，前年冬天，中原地区普降大雪，在位于大别山山区的河南信阳段，大雪封路，他们的大货车三天没动地方，随身带的吃的吃完了，他俩还被迫在车里"享受"了一顿大餐：路边村民卖的 5 元一个的鸡蛋和 20 元一盒的方便面。

安全也是个问题。长途中每次到高速路休息区，老任和小辛总要一人去厕所、一人在车上留守。集装箱里的货物锁得严实，不法之徒没机会下手，就总是伺机从油箱里偷柴油。一次进高速路休息区，小辛下车巡视油箱，没承想，放在驾驶室里的手机竟被偷了去。

"经验都是慢慢积累的。"老任说，自己年轻时候跑长途也没少"吃亏"。今年年初，老任在微信里发布了一张照片一下子"轰动"了朋友圈。照片里的他牛气地插着双手站在车前，图释里记录着："100 万公里，我才刚上路呢。"可以说，时效是京东物流的生命，老任、小辛和其他数千名驾驶员一道，每天都专注在路上守护着京东物流的生命线。

干配送，也要按三军仪仗队的标准来

河北霸州站张永发

数万名京东普通员工每天活跃在城市乡间，在他们自己看来生活就是由平凡的点滴组成，他们在京东庞大体系中是不可或缺的，为客户不间断地提供最优秀的服务，客户签收时的微笑就是最大的奖励。从今天起，我们走进卧虎藏龙的京东运营体系，一起见证一位一线员工的传奇与故事。

下午 2 点，一车 200 多件大小货物被准时送到了京东河北霸州配送站，站里的哥儿几个忙着上车卸货，没一会儿货物堆积如山。一个魁梧的男人一把抓过"枪"对准包裹上的条形码进行扫码，每件商品只需几秒钟，但是完成所有的货物至少要 20 分钟。

在京东霸州站，这位魁梧的男士就是"发哥"。"都是一个集体的，我干也一样。"别看他 1.85 米的个头儿是站里最高的，下盘还最稳——只见他深蹲下去哈着腰，一手提着"枪"、一手拣货，直到把 200 多件包裹一口气扫完，人几乎没挪地方，甚至连姿势都没变，远看如同一尊雕塑，那座包裹"山"却被削平了。

"你们不懂，蹲着可比坐着舒服。"这番"养生常识"，源自"发哥"10 多年前的那段军旅生涯。1998 年，18 岁的张永发光荣地加入了中国人民解放军陆海空三军仪仗队，此后几年服役期间执行了 60 多次重要任务，不仅在很多外交场合展现中国的国家形象，更在 1999 年新中国成立 50 周年大庆之前进驻阅兵村……

在京东霸州站工作的张永发　　　　　　　　　　十几年前英姿飒爽的"发哥"，是解放军三军仪仗队的一员

仪仗兵的训练，冬练三九，夏练三伏。每天 8 到 10 个小时的训练：晨跑、站军姿、队列练习，晚上吃完饭还自觉加练，刚进部队那个夏天，他练完一上午，就得脱下马靴把汗水倒出来，只要一听到"解散"就想原地坐下。结果，屁股还没着地，被身边的老兵一把拉住了："不能坐！你必须蹲着，更容易恢复体力。"

冬天的训练更苦。"张永发，出列！"一个寒冬的队列训练结束后，指挥员把他"提拉"到了领操台上。

糟了！是我在上午训练哪些地方没做到位？指挥官非要当着整个中队 100 多名战友的面"修理"我？

"发哥"在忐忑中跑步出列，站到了队列前面。"大家看看他脑后的冰柱……"等指挥官开了口，他才踏实下来，原来是自己在训练中太投入，完全没有发现头上的汗水已经顺着头发冻出了拇指长的冰柱。

仪仗兵艰苦训练也给了"发哥"钢铁般的体魄和意志，让他终生难忘。"发哥"刚进部队时最不适应的，不是艰苦的训练，而是学着把被子叠成豆腐块，还要经常熨烫仪仗礼服，乃至针头线脑这些事，样样都不能掉队，愣是把一个大老爷们儿练得心细如麻。

京东霸州站门口停着一溜儿的封闭式三轮车，"发哥"的车貌却显得与众不同，只能容纳一人的驾驶室里如同一个小仓库：仪表盘两侧放着两个小铁盒，右边的铁盒里盛着胶带、圆珠笔和便签，便签上记录着一个个手机号和人名。左边的铁盒子放着摩托车发动机里的小零件，自从霸州被纳入"211"的

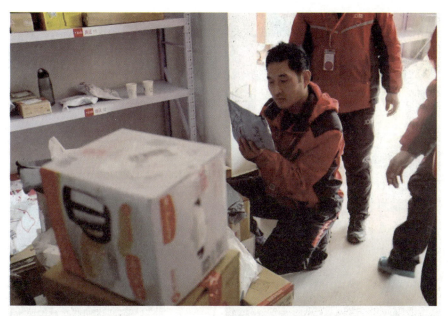

正在扫货的"发哥"

配送范围后，发哥每天都要在路上跑五六十公里，最担心的事，就是车子突然抛锚，影响了配送服务的时效和质量。

　　直到 11 个月前加入京东，"发哥"才真正了解配送员工作。退伍后，他曾在北京一个区人民法院做法警，之后又被高薪挖到一家房地产公司做市场，同时也是京东的钻石级会员。为了照顾年幼的孩子，他回到了离河北老家不远的霸州市，从此跟京东结下了不解之缘。

　　回想在三军仪仗队的训练，让"发哥"印象最深刻的一句话就是："踢腿如风，落地砸坑"，这种全力以赴的战斗作风，在他的配送工作中继续发扬光大。

　　在往自己的三轮车里装货时，身材高大的"发哥"特别"占便宜"：进深约 1.6 米的货厢，身高一般的配送人码放最里面一层时都要钻进去，而他只要一踮脚尖，轻舒长臂就搞定了——配送站每位配送员的包裹量大致相当，他总能装完货率先出发。

　　每天上下午都要送货，在"发哥"所管辖的城区东部跑一圈下来，至少要

"发哥"收藏的自己执行任务时候的照片，笔者问他需要他标注出来吗？他回答不用，我们是"集体"

当年的"发哥"堪称"小鲜肉"　　　　"发哥"收藏的自己在训练中的照片

3个小时。一中、新华商城、幸福道……霸州市区就没有他不熟的地方，为了节省时间抄近路，他还利用业余时间"钻研"出了很多条不通汽车的土路，成了同事们眼里的"活地图"。

京东一线配送员的压力很大，每天分两次要送100多单，而且配送的距离远，光打电话就要接近200个电话，为此，"发哥"专门挑了一部号称"超长待机10天以上"的砖头式手机，这块"砖头"在他手里也只能勉强用3—4天。

如同"踢腿如风，落地砸坑"的命令一样，像"客户为先"这样的京东价值观，引领着"发哥"每天的工作，用他的话说："干配送，也要按三军仪仗队的标准来。隐私意识较强的客户不让配送员上楼，那咱就耐心地在小区里等待；楼房里装修的客户一下子订了16桶油漆，咱就一次一箱（4桶）、四次往返送进家门；一些农村客户下单的送货地址不详细，货到村头又不接电话，改地址更是家常便饭，咱就辛苦多跑几趟，也不能擅自按'退货'处理……"

"发哥"正在给客户打电话，又遇上了联系不上的情况

正在客户楼下等客户取货的"发哥"。"发哥"说这个客户很注意隐私第一次我送上去，被客户撵下来，但是客户买的频率很高

晚上 6:00，这是"发哥"今天的最后一单货物，这时单元门口的照明灯已经亮起

每天晚上"发哥"都要回到站点去找站长助理报账

晚上 6 点，华灯初上，"发哥"也终于完成了当天的最后一单送货。在其他行业开始下班的钟点，他还必须返回配送站交账，即把一天内收到的几千元现金货款完璧归赵，并一一核对一天内的所有订单。平时晚上到家都在晚 8 点左右，赶上"618"和"双 11"等电商大促活动，"发哥"下班到家已是午夜。

"配送再苦也没有当兵的时候苦，那段经历让我对工作更认真、更投入。"这句话是他总说的。"发哥"有一种特殊的信赖感，深入骨髓的集体观念，让他在工作中更为优秀。为了更多地照顾家里人，"发哥"主动放弃了一些远离家庭的工作，他的故事还在继续。

杨智红

唱着 RAP 送快递

云南宣威站杨智红

　　27 岁的杨智红身上有很多标签，苍山洱海、彝族、曾经的武警战士、公务员、公安局特警大队教官、酒吧的店长以及京东宣威配送站长……还有一个鲜为人知的标签——RAP 歌手。

　　2016 年 11 月，京东的一名员工在微信上发布了一首有些音噪的 MP3，乍一听让人震惊，接地气的歌词 + 专业级的编曲，简直是专业歌手的水准。这是何方神圣？

闻其声

在见到杨智红之前，有各种各样的想象和疑惑，一个偏远小县城站点的站长是如何跟说唱联系在一起的，见面的时候，他是否会说：Hey man what's up（说唱歌手见面打招呼通用语），是否会做一个说唱的手势等等，这些都让人对他充满了好奇。

真正见到了杨智红，才发现之前的揣测都不切实际：这是一名 27 岁、言谈谦逊、结实健壮的大理彝族小伙儿，外表看上去和其他京东配送站的站长没有太大区别，可是工服里的帽衫以及一个棒球帽却还是小小地"出卖"了他。

在站点和杨智红聊天过程中，才发现他的经历竟然如此丰富：说唱歌手、武警战士、酒吧老板、配送站站长、新生儿的父亲。

见其人

2004 年，只有 15 岁的杨智红因为迈克尔·杰克逊开始接触并喜欢说唱，最喜欢的说唱歌手是 NAS（美国东海岸说唱歌手，人称"街头诗人"），自己还收藏过 2PAC（美国说唱传奇人物）的黑胶碟，从那时起，他有了创作说唱音乐的念头，并开始和朋友一起制作属于自己的说唱歌曲，将生活中的点点滴滴写进歌中，这也炼成了他感悟周边事物和观察细节的本领。

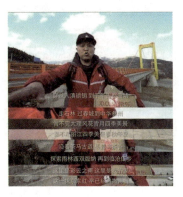

杨智红的原创作品《年货哪点买》的视频截图

当酒吧老板和客人一起的杨智红（右三）

20 岁在部队当班长和战友合影的杨智红（右）　　　比武集训时的杨智红

2007 年底，杨智红入伍，在武警云南总队服役五年，不仅入了党，还荣获个人三等功一次、优秀士兵两次、优秀士官一次，担任班长期间所带班级获得集体三等功一次，2012 年 12 月退役。部队生活不但培养了杨智红的团队意识，而且造就了他严于律己的生活习惯和工作态度，除此之外，他说他最大的收获来自朝夕相对的战友，甚至到了现在，依然跟他们有着密切的联系，用他的话说就是："和战友们相爱相杀到现在。"

杨智红退伍后先后在昆明和老家大理经营过两家酒吧，这一年的创业经历增进了他的大局观与责任感，并锻炼了他与各类人群沟通的能力。

一年后，杨智红受聘担任宣威市公安局特警大队教官，其间多次参加特警总队比武集训，也处置过各类突发事件。

入京东

2014 年，杨智红入职京东。应聘上站长助理的他第一天来到站点，前站长对他说："这是保险柜和大门的钥匙，有什么不明白的打区域经理电话，我

杨智红所在的宣威站点获得京东集团云南片区标准化比武"最强王者"称号

先走了。"新人助理接手了站长工作，这戏剧化的一幕就这样在他入职的第一天发生了。

杨智红说："当时我确实有点蒙，但幸好回站的王师傅耐心地教了我基础流程，之后我每天给区域经理打电话询问所有作业流程，只要一不懂就问，最多的时候每天打 50 个电话，打得他都怕了，现在他还拿这件事情说我的笑话。"

自从杨智红 2015 年 7 月到站点后，宣威市站点从仅有 3 个配送员（只配送城区），日均 90 单左右，到 2016 年"618"期间，单量峰值超过了 2000 单，覆盖市内所有乡镇，配送员人数达到 7 人，助理 1 人，现在日均单量 600 左右。

一曲成名

如果不是一次小小的"出卖"，杨智红仅仅是一个业绩过人的普通配送站站长，就在 2015 年"双 11"期间，西南区动员的一个群里，一位同事兼好友爆料了他的 RAP 历史，就这样，杨智红"重操旧业"，创作出了那首"技惊四

杨智红一家三口的全家福

座"的"云南配送员之歌"。

从说唱爱好者到军人，从酒吧老板到武警战士，再到现在的配送站站长，每换一次身份都会给杨智红带来一段不一样的人生体验，对生活也有了不一样的感触。

就在 2016 年"双 11"大促期间，正在站点值班的杨智红，收获了一个新的身份——父亲。在这个"新身份"之下，杨智红将继续书写他的精彩人生。

著名"爬楼王"

重庆新桥站唐志贵

在重庆京东的新桥配送站，有这么一位资深配送员唐志贵，他主要负责新桥医院及附近区域的京东快递配送。新桥医院是重庆非常有名的医院，始建于 1944 年，是国家首批"三级甲等医院"，也是重庆市首批"涉外定点医院"，其呼吸内科、心血管内科、心血管外科、骨科、泌尿外科、神经外科等多个科室都是国家级重点学科，每天都有来自全国各地的人看病。

正因为如此，新桥医院的电梯里总是挤满了人，为了让病人和看病的人先行，入职近 6 年来，唐志贵很少坐电梯，每天都是爬十几、二十层甚至更高的楼，被同事亲切地称为"新桥医院的爬楼王"。在近 6 年时间里，唐志贵工作中行走距离已达 12 万公里，相当于绕地球跑了 3 圈。

把电梯让给病人

唐志贵今年 50 多岁，合川人，由于常年风吹日晒的缘故，体形偏瘦的他比其他人要黑不少。唐长贵 2011 年入职，是目前重庆京东新桥配送站最年长的一位配送员。因为负责配送区域的关系，每天待得最多的地方就是新桥医院。

老唐说，医院病人多，所以他很少坐电梯，他一般是先到楼上，再往下走楼梯一层一层地送货，如果遇到楼上客户临时有事，他又会折返爬上楼。这样无论寒冬还是夏日，步行上楼下楼周而复始，把商品送到每一个科室每一个收

唐志贵

货人手中。

有次送个轮椅到病房。包装好的商品体积巨大，十几层的病房，他硬是一个人扛上去，这次配送足足用了半个小时。"我每天都在这些高楼中爬上爬下，接到客户电话，为了节约时间，不坐电梯马上跑上七八楼也是经常的事，送货时，我最高一口气爬过 14 层楼。"老唐说。

医院口腔科上班的李晓玲（化名），说起老唐印象很是深刻，"只要上班，几乎每天都能在电梯和楼梯里看到他，感觉他好像不休息似的。夏天时有一次看到他抱着几个箱子在爬楼梯送货，头上还戴着摩托车头盔，真是看着都热，挺让人感动的。我经常在京东上买东西，每次只要看到身穿红色外衣的他一出现就很开心，这意味着我盼望的商品到手了。"

干快递这行，每天要跟形形色色的人打交道。有一回送货时第一次给客户打电话没接，刚上另一栋楼配送，这位客户却回电了，于是老唐又折回把货给送过去。可见到客户后，对方却说身上忘记带钱（商品是货到付款），让老唐去另外一处找其熟人拿钱，而这个人则在不同楼层。这样反复折腾，竟耽误了一上午，影响了老唐工作进度，使其当天一直加班到晚上。

老唐虽然心里也有不快，但却很快调整好状态继续工作。用他的话说，类似的事情经常都会遇到，如果为一件商品或一个客户的态度烦恼不已，不知要烦到何时。对此，有同事开玩笑形容老唐：客户虐他千百遍，他待客户如初恋。

一年穿坏两双配送员专用厚底鞋

老唐脚上穿着一双外形时尚、类似登山靴的运动鞋，这是公司发的，专为配送员定制，考虑到他们骑摩托刹车时脚时常要踏地摩擦，以及每天步行时间较长，因此这种鞋的鞋底都是加厚型，材质也是耐磨的。可据老唐说，就是这种鞋，他一年至少也要穿坏两双。

据新桥配送站的苟站长提供的数据显示，工作近 6 年来，老唐工作中行走的距离已超过 12 万公里，相当于绕地球 3 圈多，总配送商品超过 8 万件，配送时间达 2099 天。"工作这么多年，他没有主动请过一天假。今年夏天太热，有天他感冒了，也只是吃了药稍稍休息一会儿，就又出门送货去了。"老唐的敬业态度，苟站长发自内心地敬佩。

老唐在配送员这个岗位上，不仅自己干得兢兢业业，如今更是打算让后代也子承父业。媒体采访得知，他 22 岁的儿子不久前也加入配送站成为京东配送员，跟老唐并肩战斗。说起儿子，老唐脸上露出开心的笑容，"他刚入行，对工作熟悉程度差了点，收入还没有我高，还得多锻炼。"正说完，这时病房大楼的电梯来了，老唐赶紧抱起一堆货挤进电梯，又开始了一天周而复始的爬楼工作：坐到楼上，再走楼梯往下步行一层层将包裹送到每一位客户手中。

医院里进进出出的病人多，唐志贵经常把电梯让给病人，自己扛着重物走楼梯，他一口气最高爬过 14 层楼

翟保陈在位于南六环外的房辛店京东分拣中心

传站"老司机"的车事与人事

北京房辛店站翟保陈

  翟保陈是通州本地人，他的家乡张家湾曾是京杭大运河著名的漕运码头。伴随着旅游业的开发，漕运的喧嚣被另一种热闹所取代。

  说起他的工作，在"老司机"这个词还没被网络"玩坏"之前，他已经是名地道的"老司机"了，曾在北京跑过 6 年出租车，又在京东当了 3 年传站车司机。

  当然，这并不是他唯一的营生，他还是通州车队的一名队长，管理着 30 多辆传站车和 40 多名驾驶员。"还是自己开车感觉好点，管这么多司机还真的有点累。"这句面带微笑的"吐槽"并没有透出多少不满，事实上，翟师傅有

翟保陈

自己的一套管理方法。

"司机不能太累，必须保证休息，不然是会出问题的。如果谁一时的状态不好，我肯定不让他出车。"翟师傅在管理中很注重平衡，让车队的司机们都能劳逸结合。

能管理好车队，与他此前的经历不无关系，6年出租车司机的走街串巷，让他对北京的路况出奇地熟悉。用他自己的话说，刚来的时候队长带着他跑了跑认认门，就光荣上岗了。在实际路况中跑过上百个站点，他很清楚怎样的路线搭配能让司机跑得最合适。

有时候临近站点的货物并不多，他就会安排一辆车送两个站点，或者3辆车送4个站点，总之要在时效和汽车承载量之间找到平衡，这样就可以减少对应的班次。这样做不仅可以降低成本，还能让司机得到充分的休息。翟师傅在这方面显得尤其老练，看看货、看看车就能作出最正确的判断。

在位于北京六环开外和房辛店京东分拣中心，不断有人跟翟师傅打招呼，笑盈盈的翟师傅看来人缘不错。他喜欢这样的工作氛围，说起这些年的变化，他也是一脸自豪："货多了、人多了，分拣变得更自动化了，三年就搬了四次仓，每次搬仓，分拣中心都变得更大更先进。"

京东的传站车分早、中、晚三个班次在分拣中心与各个配送站之间穿梭。翟师傅说："平日里，每个司机一天要跑两个班次，每天工作超过十个小时。"作为队长兼司机，翟师傅除了要给所有的司机排班，还得亲自送货。

这一天，他跑中午和晚上两个班次，但依然8点半就赶到了分拣中心。他

翟师傅登记时间、地点、里程这些基础数据，一丝不苟

若无其事地说："这不算什么，要是早班我 4 点就要来的，我是队长，跑早班的司机 9 点半回来后，我就得检查车辆了。"

除了开车，传站车司机还需要在分拣中心装车，队长也不能例外。从分拣线上整理的货物都要翟师傅亲自装到车上，看得出他动作很利索，成箱的洗衣液、矿泉水甚至折叠自行车都被他快速地搬上了货车并码齐。"货码齐了才能节省车的空间，提高运输能力，这就是效率。"翟师傅很自然地讲解着工作中的"门道"。

车对于翟师傅意味着什么？即使当了队长，管理了车队，每月的行驶里程也没有少于 5000 公里。当然，翟师傅要做的事情远不止这些。

遇上下雨天，交通比平时拥堵，翟师傅很怕耽误了配送站送货的时效，往往这个时候他都会第一时间和收货的站长沟通。在路上随机的事情很多，有队员的车坏了他要安排救援，有客户买的东西特别多（尤其是年底很多公司发东西的时候），靠配送员无法完成配送，站长就会找翟师傅直接开传站车给客户送过去，特别是"618"这样的销售旺季，货太多，车的班次都会被打乱，整个车队都要他统一协调，这些烦琐的事情没有一定的耐心和沟通能力很难完成。

好在细致的翟师傅很擅长沟通，永远都是平和的语气伴随着坚毅的神情。

登记是传站车司机最重要的工作，要求非常精细，每到一个目的地，时间、地点、里程，这些基本信息都要登记。作为队长，翟师傅说这些基础的数据很重要，能看出司机工作中的很多习惯和问题，也方便他的管理和工作考核，当然他自己出车也不能例外。

翟师傅帮着站点搬运冰柜

　　翟师傅的车抵达了北京开阳里站，站长是个乐呵的老哥，一见到翟师傅就热情地打招呼，显然都是自家人。卸货的工作一般是站点配送员完成，车厢门打开之后一下拥上来七八个配送的兄弟开始卸货，不到 10 分钟整个货车就空空荡荡了。翟师傅每到这时都会监督他们卸货，千万不能有遗漏，不然就会影响配送。

　　收拾好准备返程时，翟师傅接到一个电话，是临近站点的站长打来的，因为站点搬家，站长想让他帮忙去运一下放生鲜的冰柜。翟师傅毫不犹豫地答应了，但同时又很严肃地让站长发邮件去走公司的用车流程，不仅出车还要出人。因为那个站长没有提前申请用车，实际上翟师傅是可以拒绝帮这个忙的，毕竟因为这个事情他得晚回 1 个多小时，但都是兄弟碍着情面。

　　在翟师傅的车上有很多空的矿泉水瓶和饮料瓶，都是 1 升装的大瓶。翟师傅说，北京的夏天太热了，司机一次出车往返至少需要 3 个小时，500 毫升的水根本不够，再大一些的，在驾驶途中不方便喝也不好携带，于是 1 升的水成了司机的标配。

　　一份平凡、琐碎的工作翟师傅做得很用心，在商品送达客户手中时，我们并不会见到这样一批奔波的司机们，但我们依然要说声："谢谢你，翟师傅！"

"京东帮"帮大家

云南怒江兰坪县京东帮冯志英

都是在云南省内，不同地区的电器价格竟有这么大的差距？还没有成为京东帮的一员时，2015 年想买电器的冯志英就被这"残酷"的事实震惊到了。她家所在的云南省怒江州兰坪县距离昆明市约 700 公里，相同型号的微波炉，县里的电器店售价比昆明市场高出近 500 元，一台国产 32 英寸的液晶电视高出近 1000 元，一台容积 200 升以上的双开门电冰箱，价格要比昆明市场高出近 3000 元……

离谱！从市场上比价回来，1989 年出生的冯志英形容自己是"怒从心头起"，"最近这些年，家乡的生活富裕了，大家电等优质生活物资也都到了家门口，从表面上看，村里人也可以享受到跟城里人一样的生活。"她说，但实现"这一美好"的前提是，村里人需要比城里人付出更高的经济成本，购买家电就是最典型的例子。

别看这位"软妹子"年龄不大，可自己干过电信运营商销售店、快递配送站的冯志英，摸爬滚打做了多年生意，也见过不少大场面，父母一辈子都是本本分分、干活时一个汗珠子掉地下摔成八瓣的农民，她不忍心眼睁睁地看着家里人和乡亲们一不小心就"多花冤枉钱"。

动了这个心思，做了几年生意又攒了点本钱，不如索性开个"京东帮"卖家电？在朋友口中，冯志英第一次听到了"京东帮"这三个字。她了解到，"京东帮服务店"是建立在县级城市，具备大家电"营销、配送、安装、维修"

冯志英，85后软妹子一枚，2015年关掉了快递站改开"京东帮"

四位一体功能的京东授权服务合作商。目的是彻底解决4—6线县级城市及农村消费者购买大家电价格高、品类少、不送货、安装慢、退换难的问题。

靠谱！从2015年6月第一次听说"京东帮"到开设云南省怒江州兰坪县京东帮服务店，冯志英只用了两个月的时间。为此，她摘下了县里"快递一条街"上自己经营的快递站招牌，换上了京东帮的牌子，又招了3个懂家电的年轻人，让乡亲们可以享受到"在京东下单，家电免费上门安装"的优质服务。

由于兰坪县内少数民族居住区较多，冯志英服务的就有白族和普米族的消费者，很多消费者住在边远山区，店里的小货车来回送一趟货就要跑200多公里，可为了兑现京东的服务承诺，她和同事们一直在坚持：每周有两趟车从昆明发货过来，根据京东帮的规定，城区消费者的订单必须要在接货当天送到，即使是100公里外的山区订单货物，也必须在接货第二天送到。

"给边远地区消费者送一台洗衣机，小货车往返的油钱就要百八十元。"她说，每当看到乡亲们收货时欣喜甚至惊讶的表情，冯志英都感觉特别欣慰，不忘初心，她还会坚持下去，让家人、乡亲过得更好。因为这是所有京东帮成员的心愿。

为了远途配送大家电，小货车是"京东帮"服务店的标配

每一件家电订单都由专人负责送客户家里

都是年轻人，在客户门前拍一张别样"全家福"

赶上货物较多时，帮主也要亲自动手

货物送进客户家门后，还必须现场确保每一件家电正常使用

"这张是发票，那张是保修单，您可都收好喽，有问题随时找我们。"冯志英对客户说

单世东在分拣中心

"为电商而生"的萌娃

苏州外单分拣中心单世东

连休完 10 天陪产假，小单告别妻儿，再次踏上了京东分拣中心的第一线。

与以往打工离家的沉重心境不同，小单此行可是铆足了劲：2016 年"双11"，妻子刚给他生了一个 7 斤 6 两的大胖小子。怀揣着妻子与老人的嘱托，小单意识到，是时候为家里拼搏发力了。

小单全名单世东，虽然只有 27 岁，但却已经是京东商城华东区域分公司苏州外单分拣中心的一名老组长了。平时除了负责货物的分拣与发货外，还管理了个 50 人的团队。有意思的是，每当他的组员们谈起他，都免不了要扯一扯他的京东情缘。

整个"双11"期间,小单所在的苏州外单分
拣中心,150个员工每天处理货单量超过60
万件

单世东和他的组员们

　　"他们都说我孩子就是为电商而生的,还怀疑我是算着日子要的孩子。"小单笑着说。原来,他的第1个女儿是在2014年6月18日出生,而眼下这个儿子,又赶在2016年的11月11日降生了。在京东工作两年多,一女一儿先后在京东最重要的两个节日出生,小单的经历,确实让人称奇。

　　而现在再回忆起儿子出生的场景,小单依旧记忆犹新。

　　"当时我正值'双11'夜班,白天下班后刚跟老婆通过一个电话,结果一觉睡醒后,儿子就出生了。"一谈到这个,小单就乐得合不拢嘴。即使当时归心似箭,小单还是在保证圆满完成了"双11"大促任务后,坚持到14号后才请假回家。

　　整个"双11"期间,小单所在的苏州外单分拣中心,每天高峰货单量超过60万件,这对于一个只有150人的团队来说,确实是个不小的考验,相当于人均每天要分拣货物近5000件。而且,每个快递单号又只有两个烟盒大小,极其考验分拣员的注意力。另外,货物分拣出来后,还要进行扫描,然后分门别类地放入不同配送区域,分拣员需要不停地重复弯腰低头的动作。按照"双11"期间分拣流程要求,每小时要操作分拣、扫描1000件包裹,这就相当于连续动作要重复2000多次,这对于团队来说,确实是不小的工作量。

　　"反正累是没有太大感觉,毕竟那么大的单量,不管人手有没有上足,就是干!"小单回答得很决然。面对这样的压力,由他带领的50人团队,甚至已经乐在其中了。

　　"其实越是大促单量越多大家反而越有激情,经理组长齐上阵,大家纷纷

单世东手机里存着刚出生不久的小胖小子的照片

赶订单时效性，尽可能把当天的货物全部清完，尽可能早地让客户收到货。"

　　当谈及这份工作里的收获，小单最大的自信还是来自于团队对时效性的把控。小单介绍，仅与苏州外单分拣中心对接的二级分拣站就有 17 个，因为路程不一样，所以发往这些区域的货物时间也都会不一样，这就需要相当精准的作业时间调控。

　　"不管忙与不忙，我们都把时效放在第一位。仓储那边拉来货，从我们卸货操作的第一时间起，再到分拣完毕装车，每单最慢不超过 10 分钟"。谈起这个时间把控，小单显得胸有成竹。一个货从到仓再到分拣完毕回到车里，顶多 10 分钟。当货物装满后，将按照统一规定的时间发车，而对于送达各个二级站点的时间，也有了明确规定，这就能确保货物运送时效的精准。

　　就这样不知不觉，小单已在京东工作了两年多。谈及这些年来的工作经历，只有这一份是他打心眼里热爱、家里也极力支持的。

　　"以前我跟朋友包活干工地出过一次意外，后来我老婆铁了心，不管我挣多挣少，就让我在京东一直做下去，刚好这里也是我喜欢的工作氛围。"小单

笑着说，如今两个孩子都已经出生，而且还是在如此特殊的节日下，他要好好
把握现在的机会，努力赚钱养家。

"或许真如大家所说，我家注定与京东有缘吧。"单世东不好意思地说。

"组长，今年'双 11'生了个儿子，明年'双 12'踩好点，争取再生对双
胞胎呗。"组员冯连龙在旁边跟着连连起哄。

送快递是工作，也是生活

最熟悉的陌生人——山东莱芜站王震鹏

"我喜欢踏踏实实做事，踏踏实实做人的感觉。每当这些'最熟悉'的陌生人对我嘘寒问暖时，我就觉得都是值得的。"

王震鹏，28岁，雪野旅游区茶业口镇人，从事快递工作已经4年。像数万名每天穿梭在大街小巷的快递小哥一样，王震鹏每天的工作是将顾客的物品送到指定地点。

回想起2012年初入这个行业，王震鹏感慨万千，"那时候公司在莱芜就是一个站点，只有我们两个快递员，回老家跟亲朋好友说我的职业，他们都很陌生，不知道我到底是干啥的。"王震鹏笑着说，虽然那时候业务少，但架不住地域广、快递员缺，他一天要骑摩托车穿梭300公里，从大王庄到寨里，再到和庄，从苗山再回莱城，一天下来，摩托车都快爆缸了。但年轻气盛的王震鹏看到了这个行业的前景，并没有被当时的困难击倒，咬牙坚持了下来。

短短4年时间，公司在莱芜的站点已经增加到3个，快递员也增加到24名。每逢跟新入行的同事们说起这几年的发展，王震鹏的话说也说不完。"记得2013年冬天，下了一场很大的雪，送货车到莱芜时就已经是下午4点多了，等到分好货从公司出发，天已经黑了，我记得非常清楚，当时大桥路上结的冰得有1厘米厚，骑摩托车根本没法儿走，我就用脚支撑着，一路出溜着送货。最远的一件事在张家洼，敲响顾客家门的时候已经是夜里9点了，把对方感动得非要留我吃晚饭。"王震鹏笑笑说。

王震鹏深知网购达人等货的心情，所以无论刮风下雨，他都想办法在第一时间将货送到。"顾客们信任我们，我们就想得把这项工作做好，每一次递送，对我来说都是一次使命。"王震鹏说，天气、道路困难对他来说已经是无所谓的小事，最让他高兴的是，这些年来，通过你来我往的交流，他因为这份工作认识了很多朋友。

一天中，王震鹏总能接到了好几个顾客的电话，"小王，你11点左右能到吗？如果能到的话帮我捎一瓶酱油来吧？""小王，你待会儿上楼的时候帮我把楼下的大白菜扛上来吧。"……这些不经意的对话，都是日复一日的情感沉淀。每次送快递遇到提着重物上楼的老人，只要自己手里还能拿点东西，王震鹏都会给老人帮把手。如果送完货品看到顾客家门口有垃圾，也会主动询问是否需要带下楼。"我爬过最高的楼是17层，下楼还帮客户扛了半袋沙，不过这些都是举手之劳而已，没啥可写的。"王震鹏憨厚地说。

当然，工作中，王震鹏也有苦恼的时候，比如公司规定快递员禁止拿顾客一针一线，但是经常会有顾客给他送水，塞水果，虽然他每次都会礼貌地拒绝，但是拒绝次数多了以后，又怕顾客觉得脸上挂不住。还有快递员最怕的差评，"在我收到的有限的差评里，大部分是顾客不小心误评的。"王震鹏苦笑着说道，"不过不管是不是误评，我会及时与顾客解释、沟通。"每年公司网站会有几次大的促销活动，这对于每一位快递员来说都是一场战斗。"最忙的时候应该是'双11'，早上5点半出发送货，晚上10点才收工，一天两趟要送100多件货。"王震鹏说。凭着身上的拼劲，王震鹏小家庭的生活也步步提升，身为一儿一女两个孩子的父亲，他为家人在城里买了房子，前段时间还买了私家车，对于工作和生活，王震鹏都很知足。

4年来，王震鹏从来没有退缩过，"公司福利待遇都挺好，我很满足，再说，既然选择了这个行业，就要实实在在的，一门心思地把它当作事业来做，付出总会有收获！"

"双11"前的备战——苏州虎丘站赵贺伟

11月9日的早晨，前一天迷雾还未完全散尽，简单用自来水冲一下脸的赵贺伟便收拾好了自己的配送小车，将货按照送货的时间先后整齐地码在了三轮车的车厢里，然后他拉下车把下方的手刹，开始了一天的送货征程。每天熟悉的送货路线，但途经的地方会偶遇路边间断开放的野花，上学唱着儿歌的小学生，不变的工作，变化的风景，构成了老赵平淡而满足的快递生活。

赵师傅的第一站是苏州婚纱城边的小区，每天进出这扇门，他结识了小区的保安，年纪相仿的他们，因为在苏州拼搏的相似的岁月经历，一来二往就成了相见恨晚的朋友。

赵师傅说起这位好朋友时，脸上因岁月雕刻出的皱纹也显得生动可爱起来，赵师傅说："认识老张的时候我们并不怎么熟，但是有的时候公司有什么便宜的都和他说一下，有次帮老张在京东APP上面买了一部手机，第二天就到了，我早上早早地拿到就第一个送给他了。"或许在这个满是孤独气息的城市里，赵师傅的简单实诚让他不再寂寞，也让他和客户成了朋友。

车里一半的货是客户的蓝月亮套餐，送的是一家小学。赵师傅说："这家小学也是我的老客户了，每次都是一个老师来收货，现在也都是熟面孔了。"虽然是很重的洗衣液的套餐，要一箱一箱搬到小学门口的传达室，但赵师傅却笑嘻嘻地说："给这群孩子送京东商品，这就是上网买东西从娃娃抓起啊。"等到赵师傅送好货要离开的时候，收货的老师满脸笑意地说："这位京东师傅，服务一直很好，人也是实实在在的。"

来自客户的真实评价是对赵师傅最大的肯定，因为理解，更因为肯定，即使披星戴月、晨起暮送赵师傅也觉得值得、满足。

"双11"大促的节奏从凌晨4点到货的9.6米货车就可以看出，但大促的节奏再快再忙，对待客户却初心未变。9号的晚上，虽未到寒冬，但赵师傅却早早地戴上了手套，他说送了这么多年的快递，几时的苏州天气会冻着手早已熟记于心。

夜幕降临，华灯初上，赵师傅准备送今天的最后一单货，路边交错的车灯和过往的行人勾勒出了赵师傅被无限拉长的身影，因为快递被禁止进入小区，赵师傅在路边等待，他说："这个时候，等待的时光是磨人的，但也是期待的。"快递的生活仿佛时刻都有着惊喜，而这个惊喜让赵师傅的生活不再单调，充满期待。

这个偌大的城市，因为这份京东工作，因为这群亦客亦友的朋友，他的生活充实满足。

哪里需要哪里搬——江苏沙溪站宋永奎

宋永奎的送货范围是整个沙溪站，从清晨到黄昏，从炎夏至隆冬，他都会骑着两轮车奔驰过车来人往的柏油马路，也会跨越灯红酒绿的繁华都市，盘旋在满是泥泞的乡间小道。

沙溪站全站点配送范围为 230 平方公里，作为站点的机动人员，宋师傅的配送范围也是这 230 平方公里。

入职 577 天的宋师傅，配送总里程却已达到 54033 公里，这也意味着在京东近两年的时光旅程中，他带着印有京东 JOY 的品质包裹，足足绕了地球 1.35 圈。这横跨整个沙溪站 230 平方公里的配送寂寞，是宋师傅一个人的狂欢旅途。

身为站点机动，兄弟们笑称宋师傅是一块砖：哪里需要哪里搬。作为一名可爱敬业的京东人，宋师傅在两年光阴里，配送单量已高达 36022 件，一件件京东包裹的传递，都是一次暖心的品质服务。

作为一名京东人，简单的数字陈列，却在叙述着充满激情和无畏的京东人以及属于他的京东故事。

宋师傅有一群可敬又可爱的老客户，穿着红色京东工服的宋师傅常常穿梭在稻田水乡间，往返间也结识了乡间的大爷大妈们，老人们多是儿女在外上班。宋师傅的工作从原本的单纯送快递变成了送快递加和老人们聊天，相识相知间，大爷大妈们也知道了快递，结识了京东。

之后，宋师傅的快递旅程中，就总是有着大爷大妈关于京东的"家常"，比如"小伙子，你们京东有什么适合我们老年人啊"；比如"你看我今天让我孙子下载了你们家京东，我还在上面看了我们老年人适合用的按摩椅呢"；再比如"小伙子，你们京东这么快啊，我上午才买的，下午都到了嘛"。

多是儿女在外的老人们，每天重复且简单的生活，因为那一抹京东红，乡间的青草绿意仿佛也增添了许多的色彩，宋师傅在大爷大妈的眼中，不仅仅是一名配送员，更像是远在他乡的"儿子"，会帮他们将油米扛回家，会打电话给煤气工人来修煤气，会日常陪着他们唠唠嗑，说些久违的暖心话。

或许在沙溪乡间的大爷大妈们心中，宋师傅一点一滴的问候和陪伴，暖的是他们一颗孤独和等待的心。在京东配送征途中，宋师傅一直在用脚丈量走过的配送路，用心温暖客户的品质购。褪去城市的喧嚣与繁华，宋师傅在用他的真心传递着品质服务，传递着京东的温度。

出身农村的宋师傅，文化水平并不高，但他却从未放弃过追逐的脚步，宋师傅说：希望能够多学点，我的目标是做沙溪站的助理。简单直白的小梦想，其中夹杂的是我们看不到的艰辛和努力，从不懂得拼音平仄到日常熟练书写，从最初的从未碰过电脑到现在的简单收发邮件，从开始的业务不熟悉到现在完美指导客户开通京东白条以及京东掌柜宝（新通路）。一步步的坚持和努力，是宋师傅对京东人精神的另一种完美诠释。

轻伤不下火线

对京东配送员来说，每一天都和打仗一样，需要用速度、用体力去拼，尤其是"618""双 11"这样大促的时候。那一条条街道、一层层楼梯便是他们的战场，而能够把货品安全快速地送到客户手中，对他们来说便是胜利。既然是战场，便总会遇到些艰难险阻，甚至受伤，但京东小哥们却一个个都是轻伤不下火线的精兵，用自己的坚持守护着这份荣耀与使命。

伤病中仍心系客户——南京飞天站高正忠

高正忠师傅是南京飞天站的一名配送员，2016 年 3 月加入了京东大家庭。虽然时间不长，但是在工作中，高师傅特别认真卖力，从一开始的菜鸟新手到现在的练师傅，他在京东这条路上越走越远，越走越顺。

春节前半个月，高师傅在送货途中被突然掉头的货车撞倒，头部和腿部都受了一定程度的伤。在被送去医院前，高师傅还不忘打电话给站长处理暂时无法送出去的货物。在医院处理完伤口，还打电话告知客户自己的情况，请客户耐心等待其他配送员。在养伤期间，高师傅仍然心系站点运营情况，对于客户的来电咨询，仍然给予最细心周到的解答。

年货节货量激增，为了将年货尽快送到客户手中，站点兄弟们起早贪黑。高师傅得知站点运营压力较大时，在确保伤情稳定的情况下，主动要求回到站点送货，和兄弟们并肩作战。他说腿脚不方便就慢慢送，能帮兄弟们分担一点是一点。

考虑到外地兄弟路途遥远，平时与家人团聚的机会不多。作为南京本地人的他义无反顾地主动要求春节留下来值班，让外地兄弟能回老家过年。值班期间，在大家阖家欢乐的笑声中，高师傅戴上帽子，遮住头上未拆的纱布，每天微笑着把货物送到客户手中。高师傅说加入京东让他感受到了这个大家庭的温暖和幸福感，他要把这份温暖和幸福传递给京东的每一位客户。

高烧中的配送——杭州千岛站方顺春

杭州千岛站配送员方顺春，家住乡下农村，距离站点60公里，但他每天都能准时上班，对待工作细心认真，为人热情友好。

有段时间由于天气原因，方顺春得感冒发烧到40℃，而且连续了一个星期，但他在这一个星期中，没有请一天假，坚持上班，完成每天的配送。由于天气不好，乡村路不好走，他到晚上八九点还在配送途中。

客户对方顺春的工作表示认可，在他所在的配送区域，配送单量有了明显的提升，这正是他坚持和努力的结果。

溜出医院赶回站点——海宁安定站赵国强

"618"大促，海宁安定站的配送员赵国强得了肺炎，在医院住院诊疗。

可在医院的时候，兄弟们战斗的身影一遍遍浮现在他的脑海，他想，"'618'货量那么大，兄弟们肯定忙不过来"，也因此，赵国强怎么也睡不安稳，于是他爬起来，向主治医生"请假"，申请晚上住在医院，白天回站点"走走"。

在征得同意后，他马不停蹄地赶回了站点，"我已经好得差不多了，就回站点了"，面对兄弟们疑惑的眼光赵国强淡然回答。考虑到他身体还未完全康复，站长并不同意他搬货，但是经不住他的一再恳求，只答应让他做做协助工作。但他这种以团队为重，客户为先的精神，深深地感染了周围的弟兄们。

带血忍痛送货去——杭州乔司站梁绍强

乔司站配送员梁绍强为人慈厚老实，工作非常认真负责，他一直在站点最难送的区域农村送货。

　　当时由于恰逢过年期间，站点货物比较多，上午送完一三轮车，梁绍强午饭没来得及吃，就又带了一车出去，走到七堡新村村口拐弯的时候，一辆水泥罐车逆行，农村道路比较差，梁绍强为了躲水泥车撞到了路边的电线杆上，三轮车翻车，他的一条胳膊被压在了下面。那天一个客户催件也比较急，梁绍强来不及多想，赶紧将货物重新装车，虽然此时手背已满是鲜血，但他还是忍着疼痛继续给客户送货。

　　客户收到货的时候，吓了一大跳，以为配送员怎么了，在得知梁绍强送货途中翻车、手背上都是血、还忍着疼痛继续给客户送货后，客户主动为他做了包扎。接着，梁绍强又继续去送货。

热忱筑就最后一公里

每一个京东小哥，他们平日里的工作多少是有些枯燥的，日复一日地装货，送递，经过同样的路途，重复一句句"您好，请签收"。他们，也许是平凡的，但他们的劳动，却值得铭记。

事事为客户着想——郑州绿城站郭自强

河南片区郑州绿城站配送员郭自强自 2015 年 5 月入站以来，始终秉承客户为先、服务至上的服务宗旨，受到了客户的多次电话表扬。

2016 年 8 月 20 日，小郭为客户配送第三方快递的时候，客户因商品实物与图片不符需要退货，但是身怀六甲的客户不知怎样操作，小郭心想最近外单差评那么高，很大原因就在于售后需要客户自费找快递邮寄商家，他觉得一定要把这件事情好好地解决，于是小郭联系到客户，主动帮助客户自费邮寄退货，跑前跑后，为客户省去不少麻烦，客户当时就要打电话表扬小郭，小郭腼腆地笑了笑说："这是我应该做的！"

手把手的服务——长沙横市站陈凯

陈凯是湖南片区长沙横市站站长。有一天，一位在外地工作的孝顺女儿给在老家的母亲买了台网络电视，配送员把电视送到老人家里后，老人不知道如何使用，找了很多邻居和乡亲来，可大家都不知道怎么调试，电视就一直放在家里。后来老人听人说镇子上开了一家京东配送站，于是特意跑到站点找到站长陈凯，说明了情况。陈凯二话没说，放下吃了一半的中饭，开上车载着老人到了十多公里外的乡下，看说明书反复调试了两个多小时，终于把电视网络都调试好了，又手把手教会老人使用，并且留下了自己的电话和站点的电话，老人一再挽留说吃顿便饭吧，陈凯婉拒了，说站里还有工作，有问题可以给他打电话。

微笑，像一阵清风——萍乡安源站李花

配送员李花是江西省萍乡安源站一名普通的配送员。历年的京东"618"店庆，对于每一个京东人来说都是一场风风火火的硬战，那天，烈日当空，异常燥热，配送员们一脸愁容，这时候，李花提着一袋冰棍，笑呵呵地分发给周围的同事。李花作为站点的老员工，单量一直是站点最多的之一。另一个配送员谢放连因"618"当天出车祸，三轮车被交警扣除，无法送货，看着堆积在站点无法带出去的包裹，站点的配送员们都着急得不行。下午李花送完自己区域的包裹，回来后来不及休息一会儿，主动把站点堆积的包裹装到自己的三轮车上。自嘲地笑着说："还好老谢的区域我曾经浪过，挺好送。"于是，由他带头，其余兄弟也不甘落后，大家团结一心，有力一起使，这一战虽然打得异常艰苦，却有李花那爽朗的笑声一直相随。

还记得8月的一天晚上，李花在清点货款时经过再三核实，发现多了100块钱，他开玩笑说："今天的小费收挺多。"接着，他开始仔细回想这天配送收款的每一个订单。记起有一个客户买了一部手机，当时给的是现金，清点的时候似乎是出了点错。他立刻给客户回电，确认了是该客户多给了100块钱。当即就开着自己的摩托车把钱给客户送了过去。

李花这种真诚的服务获得客户多次夸奖。他的微笑为这酷暑中的每个客户及同事带来了丝丝凉爽。

冒雨解困——南京秦淮站岳秋兰

2016年11月底的一天，22点15分，南京秦淮站的配送员岳秋兰接到客户打来的电话，客户有个商品需要退货但自己不会操作，岳秋兰立刻耐心地讲解了退货过程，但由于客户年纪偏大，经过岳秋兰的电话讲解后还是不会操

作，因为商品价值较高，客户当时的情绪十分激动。

于是，岳秋兰半夜冒雨赶到了客户家里，帮客户解决问题，事后客户非要感谢岳秋兰，硬塞给他100元红包，临走的时候岳秋兰偷偷地将钱又放了回去，并把一大袋垃圾带走了。

后来客户买的东西越来越多，和岳秋兰也越来越熟悉，岳秋兰常在闲暇之余帮客户打扫卫生，并教他玩一些电子产品，慢慢地在客户与服务之间建立起一份亲情。

佳节中的问候——杭州新安站王佳乐

客户汪女士因为工作太忙，没时间回家过节，家里只有老母亲一个人过中秋，于是汪女士2016年9月12日在京东商城上购买了月饼，希望能在中秋节让母亲收到她的心意。然而月饼由于缺货迟迟未到，眼看中秋已到，可寄托思念的月饼却还在路上，情急之下的汪女士拨通了站点的电话。

得知此事的新安站站长胡永洪，当下就联系了配送该区域的小哥王佳乐。得知此事的王佳乐，非常理解儿女在外对老母亲的思念之情，他不顾外面的瓢泼大雨，立即出发前往超市，购买了月饼和牛奶，亲自送到客户母亲的手中，并帮忙解释了原因。从得到消息到把月饼送到客户母亲的手中，前后不超过两个小时，王佳乐却没顾得上擦一擦发梢滴下来的雨珠。

驰骋在繁华的运河边——苏州吴江站王洪波

苏州片区吴江站位于苏州的南边，依靠京杭大运河，但配送员王洪波的配送范围却是吴江的郊区，没有繁华城景，却也有着独特的宁静和安宁。

这个"双11"，站长心中的他：站点服务最好的他，从来都不需要操心。

站点兄弟眼中的他：我们的三轮车电瓶充满可以跑80—100公里，我们可以用差不多两天，而他一天下来就没有电了。

客户口中的他：京东小哥送货离开的时候，总是热心地问有没有要扔的垃圾。

这是一个温暖的京东配送员，一天的配送也是一天的温暖笑容，即使一路荒芜和尘土，在他的眼中，也仿佛是一捧阳光折射的欢快。

拒绝 一台电视机的诱惑——太仓沙溪站景晓龙

一天中午，配送员景晓龙师傅将一个订单正常配送至客户家中，当协助客户开箱验货时，却发现商家多发了两台电视，客户开玩笑说"自己拿一台，客户拿一台"，景师傅闻言后立即明确拒绝，景师傅说：这是绝对不行的。

在知悉订单异常后，景师傅立即打电话回站点，站长了解确认之后立即进行订单留言，联系客服，报备异常情况。

在等待客服处理的过程中，客户表现出较为烦躁的情绪，景师傅先安抚客户耐心等待，并致电商家与客服沟通处理，后在商家与客户达成统一后，又第一时间返回客户处帮商家将多发商品取回，带回站点，为商家挽回了1916元的直接损失。

之后，商家为表示感谢，主动发红包给景师傅，景师傅坚决不收，赢得了商家和客户的一致好评与认同。

主动退回多付的钱——浙工大假山校区时善楼

时善楼是在京东干了5年的老员工了，他工作勤勤恳恳，认真负责，为人更是憨厚老实，他为公司带出了很多员工，是站点配送员的榜样。

时善楼曾有一单22件套是货到付款，由于客户不在公司，由客户的同事代付收货。但这位同事看错了金额，在付款时多支付了400块钱，细致认真的时善楼送完货往外走时还不忘清点货款，仔细一数，发现客户多给钱了，于是他立刻折回把多给的钱送了回去。客户对京东这位优秀老员工的行为感动不已，坚持要请他吃饭，被时善楼委婉拒绝了。

扛着18袋大米上楼——浙江嘉善站孟祥利

尽管配送的区域范围比较大，条件也比较艰苦，但嘉善站孟祥利从来没有忘记自己的职责，每次不管路有多远，楼有多高，他总是能准时地把货物送达客户手中。

这天，一个客户买了18袋大米，而客户所在的小区没有电梯，"这还用得着思考怎么办吗？和往常一样，直接帮客户送上楼去咯。"孟祥利没有多想，把这 18 袋大米送上了楼。

好服务赢人心——杭州梧桐站施富强

在梧桐站负责的片区，有一个京东的钻石客户对以前的几个配送员都不是很满意，为了进一步提升客户体验，梧桐站站长安排施富强给这位客户配送。

这个客户住在一个老小区的 5 楼，那里没有电梯，而那次他买了两大箱农夫山泉，要知道，水可是非常重的货品。施富强提前预约客户，帮忙把水送到 5 楼后，还面带微笑，让客户很感动。

客户反映施富强每次送货的服务都很好，都是提前打电话预约好，然后再送货，敲门也很有礼貌。他希望多一些像施富强这样懂礼貌、守时、服务好的配送员。

带上客户去赶车——泰州高港站唐启云

泰州高港站的唐启云在一次送货时接到客户来电，客户临时有事要离开订单预留地址，但商品急用，要求及时配送。得知客户比较着急，唐启云毫不犹豫地把商品给客户送了过去。当跟客户道别的时候，唐启云注意到客户在等车，询问之后得知客户要去车站赶车。唐启云便主动提出带客户去车站，虽然客户一开始婉拒了，但最终唐启云还是将客户送到了车站，让客户赶上了车。

乐呵呵的小哥——苏州渭塘站张汛

张汛，2016 年 2 月加入京东。在同事眼中，他总是一副乐呵呵的样子，即使怀里抱着几十公斤的包裹，要爬 5 层楼的阶梯，他依然乐在其中，因为客户的认可就是他最大的满足。

令人敬佩的大哥——苏州吴江站赵红斌

在站点，赵红斌总是第一个到达，不论酷暑寒冬；送货时，他总是亲手将货物送到客户手中，不论是超重几十公斤的水还是打印纸；夜晚两点，有客户打电话过来，他也总是耐心将客户的问题一一解答，不论此刻是不是上班时间。大促期间，站长问："站点人少，可不可以多负责一些配送区域?"他乐呵呵地说："好。"

1979 年的他，喜欢自称赵老头，可在站点配送兄弟的心里："他就像一位大哥，一位大家都敬佩不已的大哥。"

多次配送，任劳任怨——上海华山站严光益

客户陈先生晚间下单，时效选择晚间配送，由于其他原因此单货物提早到货，徐汇终端上海华山站配送员严光益早批次骑电瓶车带出配送，送至客户处联系客户，客户告知配送员自己下的是晚班件，要求晚间送货，严光益没有一句埋怨，将货物带回站点，晚上 7 点多再次给客户进行了配送。由于货物体积较大并且严光益不辞辛苦地为客户配送，感动了客户，客户在网页上留言表扬了严光益。

打的去送货——苏州兵希站王富荣

苏州兵希站这天出现了一单货物串货、配送超区的商品，客户来电说明此单快递当天有急用，拜托站点能送过去，站长王富荣听闻之后，直接打车给客户送到家中，客户想要补偿 75 元的打车费，但他对客户说：客户为先是我们公司的核心价值观。随后，他婉言回绝了客户的好意。

挨家挨户问个遍——吉林永吉站郭成

在吉林永吉站，一次客户下了一个生鲜订单，唯一的联系方式是客户的电话号码，但预留的号码写错了。生鲜订单要保证货物第一时间送到客户手中，无法联系客户成为最大的阻碍，而这个订单的地址也只写了小区，没写楼号，于是这个订单便成了无头单。

配送员郭成首先将这个生鲜订单中的螃蟹妥善放在站内阴凉处，由于无法联系客户，于是他便来到该小区逐一挨个单元按门铃，只要有人的单元楼他都打听遍了。后来，订货客户给郭成打来电话说单元楼号也写错了，在和郭成沟通后，对方留下了正确的地址和电话号码，郭成立刻回站取了螃蟹，将螃蟹送到了客户家中，并与客户现场查看有无死蟹。订货的客户经过此事表示十分感动，他说："还是京东的配送员负责！"

快乐的乡村配送员——清原浑河站王志远

王志远是清原浑河站的一名配送员，2015 年 12 月 4 日加入京东，主要负责乡村四级地址的配送，日均单量 70 单。

王志远说作为我们这种靠体力吃饭的人来说，累是肯定的，但穿着京东这身工服就要把客户至上的理念落到实处，特别是对于乡镇的特殊消费者，各个环节都重要。在乡村送货，比不上城市马路的平坦开阔，车开到乡村路上经常会遇到阴雨天，路面泥泞不堪，轮胎也容易打滑，辛苦不必多说，一会儿上这个村，一会又要过另一个乡，要是赶上大促期间，回到站里已经是晚上八九点钟，简单地洗漱回到家中已经将近 10 点，然后就这样结束一天的工作，周而复始，平凡而快乐。

雨中的小哥朋友圈

  2016 年 7 月 18 日至 19 日，华北多地出现入汛以来较强降水天气过程，中央气象台 19 日 10 时升级暴雨预警为橙色，中国气象局提升重大气象灾害(暴雨)四级为三级应急响应。此次降雨过程先后影响了西北、华北、黄淮等地的十几个省份，受降雨影响的区域，普遍出现了大到暴雨……

  然而，有那么一群人依旧在雨中奔跑着，在城市、乡村中穿梭着，为受到大雨影响的人们传递着温暖，他们就是最可爱——京东小哥！

  在配送员的朋友圈中，我们看到了一幅幅动人的照片。

像每天一样重复了 N 次的送到与签收，只不过是多了"哗哗"的配音和从脚面淌过的水

北京胡同需要送的矿泉水还是一箱接着一箱，对于配送员小王来说他最担心的是客户能不能在雨中及时地签收

在站点，站长助理打着雨伞，保证每一件从车里到站点的货物保持干燥

在山西农村，大雨使很多道路泥泞不堪，三轮配送车很难通过，配送员只能步行走完"最后一公里"

配送员小马开玩笑说："这件衣服是给水帘洞的美猴王送的"

在河北，配送员小刘在等他的客户，他说："等客户出来再给他拿，不然纸箱子都湿了"

偶尔还要帮助一下路边被困的车辆

送货路上的自拍，这是雨中最可爱的人

成都站邓建波在除夕说

嗨，过年好吗？

我是快递员邓建波，刚刚送完货回来，今天是除夕日下午4点，明天就是猴年春节了。

今天送货硬是巴适（舒服）了，双向八车道的人民南路只看到几辆公交车，我的电马儿也一不留神跑上了机动车道。交警哥哥别罚我啊，我就是传说中穿着红色冲锋衣的京东快递员啊。

哪个喊（谁让）今天马路上人这么少呢！

人少的成都真好啊，连空气都是青城山的味道。

今天我值班，而且一直值班到初四，我个人愿意，因为"春节不打烊"期间值班工资很高，还有各种补贴！！！简直不摆了（简直太赞了）！！！

我就是想多挣钱，老刘前几天在央视节目"开讲了"说，京东快递员干5年，基本都可以在老家买房。

但是我想3年就达到目标，因为最近我们达州的房子降价了，但老刘不清楚。

今天有700多件商品要送，比放假前少了一半；送货路上，小天竺街没车、大学路没车、临江路没车，连五妹麻将室都没人，巴适得板（太舒服了）啊。

对了，五妹麻将室的服务员小刘跑哪儿去了哦？给她们送货那么久了，今天不见她还有点不习惯。

哎，不说她了！

我们的站长跟到我屁股后头，用他手机给我狂照相，看来是比较寂寞了。

好在我们华西坝站还有兄弟伙在春节期间上班，稍晚些我们自己也要团建一下。

一起过年的好处就是不会总想爸妈。

不会总想爸妈的好处就是不会想起妈妈的东坡肘子。

吃完饭也要干点啥，看春晚？斗地主？搓麻将？但不敢今晚给妈打电话，怕她哭。

其实我就是一年没回家而已！

一年对她们可能就是半辈子。

我们区域公关部的同事年前联系我们站点，让拍几张除夕和初一送货的照片，我问："报纸都休刊了，要照片做啥子？"

"万一有一天用到了呢！"公关部的哥哥说。

好吧，反正他不说我也天天拍！

如果要说除夕日送货的感受，那就是人比烟花还寂寞，但我是幸福的搬运工。

如果要说除夕日送货最开心的时刻，就是顾客都会多说一句：过年好啊！

其实这样挺好。

好吧，就写到这里。

我们领导招呼我们兄弟伙吃饭呢，吃饭的人还有张兴国、刘桥、唐茂财。

除夕日，上午 9 点
上班扫码收货

除夕日，上午 10 点
出发送货了

除夕日，上午 10 点半
大马路上空荡荡

除夕日，上午 11 点
顾客收货了

除夕日，12 点半
配送站里的"家宴"

除夕日，下午 2 点
配送站的"全家福"

小哥之歌

见证过村庄的夕阳落日余晖的光芒；

感受着披星戴月的节奏感；

还有那与死神的擦肩而过；

十八盘的九曲回折崎岖山路；

游走于乡间小路，知晓着每个角落；

他是乡间的一抹京东红；

在平凡的岗位上诠释着非凡；

在普通的工作中寻觅着快乐；

最后一公里乡镇的覆盖，

为更多的人提供购物的便利，

配送的环节是订单的最后一步；

是直接接触客户完成交付的过程；

村镇里的一抹红，

最后一公里的配送先锋。

贰

跨过山和大海
——只为不负你的等待

  中国幅员辽阔，地貌千姿百态，随着网络的全面覆盖，全国人民的购物方式正在悄然发生着改变，网上购物已经成为许多人的选择，而在一些边远地区，人们对网购也充满着热情，但由于地理上的限制，那里的人们往往要等待上更长的时间，才能收到货品，而有些地方，甚至没有通快递，人们连网购的机会都没有。

  这些年来，京东配送却开始越来越深入这些偏远地区，东到乌苏里江畔抚远，西到新疆乌恰大戈壁滩，南到中沙群岛，北到大兴安岭北麓漠河，无论高原、沙漠、森林、草原、山川、江河、湖泊、岛屿，京东配送员独有的红色身影遍布神州大地的每一个角落。他们不畏惧险峻的地势，不畏惧恶劣的天气，或用肩扛，或用手抱，或用车拖，翻山越岭将货物送达客户的手中，最终只为了让被山川、岛屿、沙漠、河流"困住"的人们也能享受到现代生活的便利。

那一抹京东红在蔓延

远山如黛，绿水长流。在距离城市遥远的农村地区，很多地方都有这样的风景。

其中，那一抹京东红尤其显眼。数十米宽的水面上，挽着裤腿、背着几十斤重的大家电过河的"小人儿"是广西象州京东帮配送员韦绳拾。

他，是数万名京东帮配送员之一。他们的脚步，有力而坚定。与城市的配送员相比，他们不仅在跟时间赛跑，农村地区大家电配送，有时跋山涉水，有时路途迢迢，遇到交通困难时刻，他们肩挑背扛、雨雪无阻……凭自己的执着与力量打通从数十公里配送路到"最后一公里"上门行之间的关卡，实现48小时送达的服务承诺。

京东的农村电商有一个美好的愿景，填平消费鸿沟，促进城乡消费公平。同一款电器，乡镇的零售价要比城市贵 10% 至 20%。京东农村电商要做的正是打破城乡隔阂，实现农村、城市同物同价，让全民都享受到品质网购的便利和实惠。京东大数据显示，农村用户的品质意识已开始觉醒，农村用户对品质敏感的人群占比超过 70%，与全站平均水平的差距正逐步缩小。行业人士认为，京东正品行货的理念一旦在农村落地，必将生根发芽，进而培养农村的网购习惯，其中京东帮的服务纽带作用非常重要。

西至新疆喀什，东至中国大陆最东边山东荣成，北至黑龙江嫩江，南至海南陵水，在中国广袤的乡村大地上，处处留下了他们的足迹。目前京东拥有1700 多家京东帮服务店，大家电配送与安装服务覆盖 44 万个行政村，京东红的故事每时每刻都在蔓延。

广西南宁象州县韦绳

韦绳拾是广西南宁象州县一名普通的京东帮配送员。当天下了3小时的暴雨，加上山上的雨水下来，把路都冲了，小车一下就熄火了。韦绳拾赶紧给客户打电话说明情况。客户是本地人，理解村里交通不便的情况，提意等天气好点再送。没想到韦绳拾说，"您放心在家等着收货，我这就给您背过去。"

事后，韦绳拾谈起这事，并不觉得有多稀罕。既然加入了京东帮，必须实现京东48小时配送到家服务，如果说了不算，那还叫什么承诺？再说当时最高气温已达35℃，客户买了空调，一定是因为酷暑难耐，要是家里再有孩子、老人，就更是等不了了。"将心比心"便能感到自己用诚实劳动、实际技术在帮助别人，想想也挺美。

数据显示，中国目前农村人口为9.4亿，长期居住在农村人口数量为7.5亿。我国新生代农民工超过1亿人，农村消费群体基数大，购买力强，甚至有媒体预言，10年或20年后，农村电商市场可能会反超城市。

京东帮将京东式购物体验带到了农村市场，加速完成电商的全民覆盖。京东帮的宗旨是围绕交付不便利的大件商品，为四线至六线地区的农村用户提供大家电"营销、配送、安装、维修"一站式服务。从2014年11月20日全国首家京东帮服务店在河北赵县开业，至2016年3月西藏拉萨首家京东帮服务店开业，短短一年多时间，京东帮服务店完成了中国大陆地区省级区域的网络覆盖。

消费市场的流通渠道下沉加速，特别是电商所带来的全国市场与消费一体化过程，在部分冲击实体市场的同时，更多消除了全国商业流通业布局不够均衡的问题。京东帮服务店实行京东商城统一的线上价格，产品统一规划、价格与北上广同步。农村用户在京东平台上下单后，京东帮线下店面有效解决农村家电不送货、安装慢、退换难等问题。农村地区的家电价格，往往比城市贵10%至20%。通过京东帮，偏远乡村的用户即便走不出农村，也能与电商的时代潮流接轨。

四川资阳乐至县唐发军

根据 CNNIC 统计，截至 2014 年 12 月，农村网购用户规模为 7714 万，年增长率为 40.6%。相比之下，城镇网购用户规模为 2.84 亿，增幅只有 16%。但是相比农村常住人口的巨大基数，仍有大量用户尚有待转化和开发。

农村市场很重要，也很特殊。对于长期在实体店购买、尚未形成网购习惯的农村用户来说，想获取他们的信任和好感尤其困难。

四川资阳乐至县唐发军 2015 年加入京东帮。初次接触电商，唐发军常感到无奈与迷茫。配送至农村的订单，有一部分是由城市的子女给家乡的老人购买的，信息不对称、需求不衔接。2016 年 10 月配送地址至金顺镇的一个冰箱订单，配送员打电话预约送货时间时 2 次都被拒绝。

"直到第 3 天，客户才知道是女儿下的订单，同意送货"。但是，城市下单的女儿却认为唐发军延迟了送货时间，直接给了差评。这样的情况发生几次，店里的工作人员感到委屈，唐发军自己也觉得迷茫。

没想到，一件小事又让他重拾信心。一天，唐发军给附近一个村里的客户送家电，村里不通车。唐发军和配送师傅一起背着冰箱走了 4 里路才到。到客户家时已经快夜里 12 点了，但他一辈子也忘不了客户开门时惊讶的表情。师傅在安装冰箱时，客户去厨房煮了两碗糖水煮蛋，然后一直拉着他的手说感谢，说不敢相信这么晚还真的送货上门了。

2016 年 "双 11"，京东帮实现了京东大家电 30% 的销售额，烟机灶具、热水器的销量同比上涨了近 2 倍。水涨船高，随着京东品牌的认可度在农村地区逐渐提升，唐发军的订单量也出现了大幅增长。

"用户体验是考验我们的第一步"，经过 1 年的工作，唐发军带领团队慢慢摸到了做电商服务的门道。这里面要用力气，更要用心，你的心用到了，客户自然会信任你，依赖你。电商模式，实际让商家与客户的关系更近了，唐发军下决心要在电商这条路上走下去，走得更远。

四川都江堰李安平

都江堰京东帮帮主李安平，是在本地做了 20 多年电视品牌代理的"老家电人"。他的家电生意是从父亲那里继承来的，从黑白电视、彩色电视到现在的液晶电视、网络电视，家电行业的发展伴随他从少年、青年直到现在，女儿已快大学毕业了。他说，加入京东帮，是他人到中年的第二次创业。

"我理解的京东，是不惜代价做服务"。提起做电商的转变，李安平用手拨开自己的头发。做京东帮1年来，头发白了一半，不能吃苦的人做不了。

很简单的一个例子，以前做代理，上门安装主动权完全在商家。用户购买的电视出问题了，打电话给客服，商家说什么时候有空，什么时候才会上门，客户一点办法都没有。做了京东帮以后，只要客户来电话提出需要，他会立刻协调团队解决。为了客户的认可，李安平和他十几人的团队绞尽了脑汁，每个订单都会电话回访，用户是否满意，哪里还需要改进。

农村市场本是一个假货泛滥、质量堪忧之地，京东的正品行货理念一旦覆盖五六线，就一定会落地发芽，进而改变人们的网购习惯和零售习惯，由此来看，京东帮的服务纽带作用非常重要。

李安平对本地市场太熟悉了。在整个家电不景气的大环境下，京东还在增长，根源在于京东体系的人拼命在做事。每个差评都没有申辩的机会，只能在前期把用户体验做到最好。每天睡前，必须看完今天的用户评价李安平才能睡着。

同时，李安平花了比以前更多的力气做市场推广。他的团队都是大学生，他们脑筋活、动作快。每隔一天，就有人跟着配送车到附近的县里、村里，做市场推广活动。经常拿着传单"扫街""扫楼"，不厌其烦地解释、教乡亲们网购。看似平常的工作，包含着无尽的可能。也许今天的推广没有一个人下单，但是让人们知道了京东，以后需要时就可能在京东上买。

在常住人口67万的都江堰一地，2016年上半年李安平的京东帮服务店的总销售额已过千万元。截至2016年10月，各地京东帮"千万俱乐部"门店（销额过千万）共有270家。这其中，既有京东帮服务带来的正向口碑作用，也有自己团队用脚跑出来的成果。当看到订单量每月增长的曲线，他感到特别欣慰，一切辛苦都是值得的。

从普兰店皮口港出发，坐船要1小时才能抵达大长山岛。海风猎猎，穿着羽绒服站在甲板上感觉都不暖和

一路从山到海的配送

辽宁普兰店希望站李喜鑫

　　大长山岛、小长山岛，隶属中国纯岛屿边境县——辽宁省长海县，因山多而得名。根据京东一线运营部门的记载，这里还是京东一线运营配送的"东极岛"（东极岛为中国大陆最东端、身处大海的岛屿），把配送服务区域从平原、山区延伸到海上，这座"京东东极岛"与岛上配送员之间有着一段不得不说的故事。

　　跨海坐船、驱车远行，甚至徒步送货，在茫茫大海中的这片群岛上，依然活跃着京东小哥的红色身影——京东辽宁普兰店希望站配送员李喜鑫。难怪有人说，岛上消费者从他手里接过的每一件商品，"都经历了一次从山到海的

每次往大长山岛、小长山岛送货，都要坐船从普兰店附近的皮口港出发，横跨里长山海峡，全程近 15 公里。大长山岛与小长山岛之间由跨海桥梁连接

配送。"

大长山岛、小长山岛两座岛屿总面积超过 58 平方公里，相当于 30 座厦门鼓浪屿，数万人口，都是李喜鑫的潜在服务对象，他所属的普兰店希望站位于辽宁普兰店，客户在京东下单后被送往岛上的商品，都要经过这个群山环绕的地方。

资料显示，大长山岛和小长山岛所处的长海县位于辽东半岛东侧的黄海北部海域，东与朝鲜半岛隔海相望，由众多的岛屿组成，是中国唯一的纯岛屿边境县。长海县盛产各式海鲜，国宴珍品，八珍海鲜长海皆有。1972 年，时任美国总统尼克松和日本首相田中角荣访华，国宴上的鲍鱼就出自长海；除此鲜美海味，长海美景美不胜收。

经过 1 个小时的船上颠簸，再经过 20 分钟左右的车程就到了大长山岛的主城区。主城区不大，有一个小时就可以把主干道走完。岛上设施很齐全，和其他地方的普通县城没有什么区别。然而，这里只是京东配送区域里很小的一部分。

李喜鑫拣出小长山岛的货，准备先往小长山岛送。因为大长山岛的货还比较好送，没有很偏远的地方，基本都是在主城区里。但是坡路太多，赶上天气寒冷的雨雪天气，路面结成冰，车开不上去，就只能徒步挨家挨户地送货。

位于大长山岛东南约 1 公里的小长山岛，几十年前便实现"三通"。而据李喜鑫说，很多物流企业至今都不提供送货上门服务。家住在偏远地方的客户

每次送货，配送员几乎都要把送货包装满，独自
背起几十斤重的货物

冬天，岛上很多大斜坡路段都会结冰，车轮打滑，
开不上去，配送员只能下车徒步往上爬

由于岛上的居民区并不密集，每一单商品投递成
功，配送员都要走很远的路

"我自己白天要是送不完货，晚上回去就睡不踏
实，甚至连做梦都想把货尽快交到客户手里。"李
喜鑫这样解释他的"强迫症"

要取个快递需要步行几十分钟，或者掏钱坐公交车、摩托车来取件，很不方便。和在其他地方一样，京东在岛上送货上门，此地消费者网购多是生活用品，为了尽量不影响他们生活，李喜鑫每天都要上岛送货。

从大长山岛城区到小长山岛车程约 40 分钟。这一天雾很大，能见度也就不到 50 米，尤其是行驶在跨海大桥上，我突然发现，海上的雾更大，能见度也就不到 20 米。我只能一直跟李喜鑫碎碎念："开得再慢点，注意安全。"没承想到，小长山岛上的雾太大，根本看不见路牌，以至于几次走错了方向，遇到狭窄路段还要徒步配送，配送难度之大，可见一斑。

小长山岛上的订单量不如大长山岛，但配送员要花费的时间却多出一倍：早上 7 点 30 分出发，下午 5 点以后才能往大长山岛返；再赶上当天晚上要从船上接货，到家基本要到夜里 11 点以后了……

"我看他是得了'强迫症'，好几次我劝他'送不完的货明天再送'，他非要一天之内都送完，搞到很晚才回家"。听着媳妇的唠叨，李喜鑫一直不吭声，他心里清楚，家人一直在全力支持自己的工作，偶尔唠叨几句，也是正常的。

在京东干了一年，这位岛上配送员每天都是一个人在岛上奔忙，耐得住劳累，守得住寂寞，但他感觉这一切都是值得的。"没有谁是一座孤岛……"最近读过《岛上书店》的李喜鑫深深记住这句话，他坚信人与人之间将心比心，用自己的服务换来客户对京东的日益信赖，让家乡的父老乡亲过得更好，每一天的辛劳都是为了心中那一片海阔天空。

怒江的风景是朱坤陶他们这样的快递员每天都能看到
了，但是大山带给他们的是另外一种苦辣的坚辛

怒江溜索上的京东人

怒江泸水站朱坤陶

　　"水无不怒古，山有欲飞峰"，发源于青藏高原唐古拉山南麓的怒江，以
1.6 倍黄河的水量奔腾向南，它在上游名叫那曲河，入云南后流经怒江傈僳族
自治州、保山市、德宏傣族景颇族自治州，最终经缅甸汇入印度洋。

　　怒江傈僳族自治州境内，仅 4000 米以上的高峰就有 20 余座，2015 年，
京东计划在怒江州府泸水县建立配送站点。每平方公里 30 多人，地广人稀。
"除了山还是山"——这是站点工作人员考察这里时的第一印象。

　　2015 年 8 月 27 日，京东怒江泸水站正式运营，1 名储备站长加 2 名配送
员就是站点的构成。而由于高山大江的阻隔，怒江流域独有的交通方式流传至

朱坤陶给客户打电话，这个客户比较特殊不仅在江的另外一端，还要用特殊的工具过江

滑索是怒江古老的交通工具，朱坤陶对于这种古老的交通方式并不陌生，他说："这两边都是傈僳族的村子，滑索过江送货已经很多次了"

今：溜索、藤桥、铁索桥等，其中尤以溜索最为险要。

通过溜索给客户送货，这恐怕是全世界互联网企业服务客户最原始的方式了。

第一次"溜索"，吓得眼睛都不敢睁

即使这么偏远的地方，单量增长还是很快，从刚开始的每天 15 单到现在的接近百单，其中偏远的六库镇欧母拉村的村民也时常下单，配送员朱坤陶就负责这个地区的配送，长期下来，他结识很多欧母拉村的村民，也熟悉了他们世世代代出行的方式——溜索。

早晨 8 点，朱坤陶来到站点拣货，开完早会后他骑着摩托车出发送货。"这里的道路狭窄，很多地方面包车都过不去，而且路面坡度大，电瓶车动力不足，所以我们的送货工具都是摩托车。"今天他送货的目的地便是欧母拉村。

欧母拉村是傈僳族聚集区，距离六库镇 16 公里，村民收入以种养业为主。从镇上到欧母拉村需横渡宽阔的怒江，江上只有一根笔直而孤单的溜索。也不是不能绕路，但绕路的话得步行一个多小时。"虽然我是云南人，但以前也从来没见过这种过江方式。"

脚底是轰隆隆的怒江之水，是选择"冒险"像村民们一样滑过这根 100 多米的索道，还是多用几个小时走到对岸再走回来呢？"说实话当时我也犹豫了一下，但是想到还有好几个包裹没有送，加上客户说她在索道那头等我，所以就硬着头皮上了。"

朱坤陶在腰和大腿上绑上安全带，整个人很快便悬在空中。刚开始那几秒，他怕得没敢睁开眼，带他过河的师傅一直在旁边说不用怕。其实整个滑索道的过程很快，不到一分钟便达到对岸，"'唰'———下就过去了。"

客户是一名 40 多岁的傈僳族女性，已来到岸边等候了。"她买的是一件衣服，货到付款。"朱坤陶按规定把快递交到了客户手中，"我们下来一次不容易，谢谢你帮我送过来。"她向朱坤陶竖起了大拇指。原来，由于过江不便，村民们除非有要紧事才会坐索道进城，以往别的快递都让他们去县城自取，很少有快递员把包裹直接送到村里的。送完快递朱坤陶再次乘溜索过江，这一次他熟练多了，全程都没闭眼。

朱坤陶完成了一天的配送，今天他送了 50 单

朱坤陶把货物送到了一户傈僳族人家，朴实的山民会给他倒水。傈僳族里很多年纪稍大的村民都不会写汉字，每到这个时候，朱坤陶就会帮助他们签收，这些货品往往是他们在县城的亲戚通过手机网购给他们的

常用手机下单，村民最爱买生活用品

泸水县像欧姆拉村这样交通不便的村子还有很多。例如瓦姑村，地处大山深谷中，距离县城有30多公里路，进村上山的路陡之又陡，十分考验摩托车技术。村民告诉京东的配送员，他们那里如果遇到下雨，是上也上不去，下也下不来。

朱坤陶说，村民在京东上买的一般都是单价不高的小东西，比如路由器、充电器、婴儿纸尿布等，"这些东西比当地的商店便宜很多。"实际上，村子里的订单目前并不是太多，网络也不是很稳定，最常用的下单方式就是手机，但很多村民对于网购并不是很熟悉，还处于接受过程中。

不过只要有村民在京东上买东西，配送员都会亲手把包裹交到村民手中。"虽然过程比较辛苦，不过看到客户脸上的笑容，就觉得一切都是值的。"

对于怒江的交通不便，站点早已习以为常，"我们北面是西藏，东面是大理，南面是保山，西面是缅甸。"站长杨波介绍，这些大山大河都挡不住他们送货的步伐，"在这里做京东配送员算是一种别样的体验，也很有成就感，当地消费者都非常善良，每一次送货过去都非常热情。"

石美给阿里噶尔县狮泉河镇的珠拉送去的洗衣机，单程近 4000 公里

一台洗衣机的高原之旅

拉萨京东帮石美

"您的洗衣机到了！"在距离拉萨 1519 公里的阿里噶尔县狮泉河镇，藏族消费者珠拉听到门外有人说话，正准备拄着拐杖迎出门去。还没等站起来，一位配送员就背着一台洗衣机走进门口。

珠拉想起来了，半个月前，他曾让居委会的工作人员帮他网购了一台 699 元的洗衣机。"赶紧坐"，珠拉拉着配送员的手说。

日前，京东宣布在西藏阿里地区的噶尔县、林芝地区的墨脱县等地开通大家电配送服务，成为首个实现在上述地区覆盖的电商企业。而送往阿里地区的订单，创造了中国电商多个配送纪录，比如沿途从拉孜县到噶尔县的 219 国道，平均海拔在 4500 米，被称为中国海拔最高的公路；而成都到拉萨的 318 国道，又被称为中国最险的公路。

目前京东正在拉萨建设大家电仓储基地，但还没有正式运营，因此，西藏地区的大家电订单还需从成都发货，经过川藏线、青藏线和青藏铁路运输到拉萨；到拉萨后，先通过 318 国道到拉孜县，再转 219 国道到噶尔县，送往珠拉的一台洗衣机，单程旅途可达 4000 公里，真是非常的不容易。

为赶时间，配送车辆凌晨就出发

阿里地区地域面积约 30 万平方公里，下设普兰县、噶尔县等 7 个县级地区，政府所在地是噶尔县狮泉河镇。这次送往阿里地区的订单有 14 件，基本以洗衣机和电视为主。包括珠拉在内的订单，大部分是 1 月 1 日到 3 日下的单，其中珠拉的订单是 1 月 3 日通过手机所下。

当日，包括送往阿里地区、林芝地区在内的 100 多件冰箱、洗衣机等大件商品开始装车，送往拉萨。今年是暖冬，道路条件较好，经过 1 周左右的运输，1 月 10 日，这批货到了拉萨京东帮服务店在拉萨的合作伙伴中转站。

按照配送目的地不同，开辟了 6 条左右的配送线，在一些偏远地区，京东帮服务店的商品依托这个转运站的物流配送。据悉，中转站由京东帮服务店在拉萨的最主要合作伙伴负责，为了节约时间，大部分配送车都是凌晨发货。

到拉萨后，经过 1 天的整修，拉萨京东帮合作伙伴安排了在拉萨工作的四川人石美师傅来负责配送。石师傅在西藏工作已有四五年，基本跑过西藏各地，去往阿里的道路，他一个人也跑过不下 50 次。

在西藏地区，卡车司机，尤其是从事偏远地区物流配送的卡车司机比较稀缺，一个月收入可在六七千元，比内地高。

从拉萨到噶尔县，首先沿着 318 国道到日喀则市拉孜县，这也是 318 国道西线的终点站，从这里上 219 国道到噶尔县，全程 1519 公里，其中 318 国道约 450 公里；根据预测，配送车将行驶 35—40 小时的时间才能到噶尔县，如果是两个人轮流开车，可在 24—30 小时内送达。

风餐露宿，配送路上吃不到热饭

1 月 10 日凌晨，位于拉萨市西郊的格桑林卡货物集散地，气温接近零下 10℃。做例行行驶前的安全检查是石美的临行工作，此外，防滑铁链子、准备的干粮、热水、手电筒、绳子、修车工具箱等样样不可少，10 分钟的检查完毕后，石美说："出发吧！"

石师傅是四川人，今年 43 岁，他说，一个人在高原开车其实最怕的就是寂寞，"1000 多公里路，很少见到行人，基本上不会说一句话"，另外，自从跑了阿里线以来，一路上基本上吃不到热饭。

10 日下午 2 点 28 分，配送车行驶到萨嘎县，经过 10 多个小时的配送以后，石师傅说，"有点饿了"。于是，他将车停靠在公路最右边，这里靠近草原，停车也不会影响其他车辆行驶。石师傅拉着矿泉水和面包下了车，在荒芜的草地上坐着吃了起来，这是他 12 个小时以来的第一顿饭。

"一方面是为了省钱，另一个也是为了赶时间，尤其是上了 219 国道后，沿途基本上很难见到乡镇了"。石师傅说，这也是阿里司机的"惯例"：饿了，就靠面包；渴了，靠矿泉水；困了，车停在海拔近 4700 多米的路边小村庄，靠着一床棉被在驾驶舱里歇息片刻。"像这样，一个月至少能跑 5 趟阿里。一家人的生活、两个孩子的学费全靠自己跑物流。是挺辛苦，但为了自己的家再辛苦也值。"石美说。

吃完这所谓的午餐后，为了下午行车时更有精神，石师傅靠在车里休息了半小时。半小时后，配送车辆再度出发，一个小时后，车辆过了萨嘎县，道路比较笔直，但也在审美上造成疲劳。这一路上，海拔已经在 4500 米左右，再加上冬季，路上很少看到其他车辆，但沿途偶尔会遇到骑着摩托车行驶在公路上的藏族牧民。

5000 米海拔夜宿，随时给家人报平安

11 日下午 4 点多，配送车沿着 219 国道继续向西行驶，如果按照距离算，已经走了接近一半的道路。不过，有时候道路并不是那么好走，如果遇到正在

维修的路段，行车速度只有 30 多公里 / 小时。

晚上 10 点多，配送车辆已经到了仲巴县，开了一天车的师傅石美疲惫不堪，为了保证行驶安全，选择在海拔近 5000 米的地方休息，临睡觉前，用微信和家人报平安。

凌晨 4 点，位于仲巴县和普兰县之间，这里已经属于阿里地区，周围非常安静，听不到一点声音，天气晴朗，繁星点点，真是大城市难得一见的美景，能够满足很多人 "看夜空" 的夙愿。不过，车外异常寒冷，气温在零下 10℃ 以下，笔者拍摄夜空照片花了 10 分钟左右，冻得手都快裂了。

凌晨 5 点，石美师傅睡醒了，他简单地吃了一口面包，开始准备发动车辆，再过 10 个小时的车程，就可到达噶尔县。此时的车内温度太低，挡风玻璃上结了厚厚的一层冰。为了不影响行车，石师傅拿了一条毛巾，在他前面的挡风玻璃上擦出一块面积 20 厘米左右的空白处。

4 个小时后，天空发亮，抬头向车外看，可以看到著名的神山冈仁波齐。冈仁波齐峰位于西藏阿里地区普兰县境内，海拔 6656 米，冈仁波齐在藏语中意为 "神灵之山"，被藏传佛教、印度教、西藏原生宗教苯教以及耆那教认定为 "世界中心"。冈仁波齐峰一带的海拔平均要 4700 米以上，沿途荒无人烟，但野生动物时常穿越公路，开车时必须要小心。

网购消费者原来一位病人，为买洗衣机曾找遍全县

12 日下午 2 点，经过 1519 公里的路程，配送车辆终于到达阿里地区的首府噶尔县了。噶尔县是一个藏族聚集区，虽然是县城，但全县人口也仅 1 万人左右，县城的中心是狮泉河镇。

到达噶尔县后，石师傅的大车将换成一辆皮卡车，由皮卡车负责在噶尔县的配送工作。

根据订单配送地址，京东帮配送员来到了狮泉河镇的森格居委会，到了居委会联系了客户才发现，这台洗衣机的真正消费者并不是下订单的索先生，而是一名叫珠拉的 50 多岁的藏民。

据介绍，珠拉因为腰椎结核的缘故，前一阵刚从西藏军区总医院救治出院，目前行走依然需要拐杖，但正因为身体不好，日常洗衣服成了一个大问

石美坐在草地吃着午饭——面包和矿泉水

配送车行驶在海拔 4700 米的高原马路上

晚上 10 点多，配送车到达仲巴县，石美疲惫不堪，为了保证行驶安全，他选择在海拔近 5000 米的地方休息，睡前用微信向家人报平安

凌晨 5 点，石美准备发动车辆，此时车内温度太低，挡风玻璃上结了厚厚一层冰

经过 1519 公里的路程，配送车终于到达阿里地区的首府噶尔县，石美换了一辆皮卡，继续赶路

题。但是，住院期间 8 万多元的医药费对于家徒四壁的珠拉来说是沉重的负担，而且县城的洗衣机非常贵，找遍全县都没有看到洗衣容量在 5 公斤且 1000 元以下的洗衣机。

他后来听人说网上购买便宜，但是却不知道怎么下单，于是他便找到了居委会，居委会工作人员根据他的需求在天猫、苏宁易购、国美在线和京东网上寻找，但是下单的时候发现，只有京东可以送货到县城，其他的均无法配送。最后，居委会工作人员帮他在京东选择了一台 5.5 公斤的全自动洗衣机，价格只要 699 元。

珠拉家的经济条件并不好，家中所有的电器只有一台电视、一台 DVD、一部收音机。看着京东工作人员把崭新的洗衣机送到他的家中，拄着拐杖的珠拉脸上难掩兴奋。

"其实我不会网购，这是居委会工作人员帮我下的单。刚开始我压根儿不信洗衣机这么大件的物品也能送到这么偏远的地区，看到送货司机上门给我安装我才相信了"，珠拉说。

当地居委会工作人员称，由于地处偏远，目前在噶尔县当地的电器都卖得比内地贵 40% 以上，京东能送到这么偏远的地方，已经不仅仅是卖商品这么

订购洗衣机的是 50 多岁的珠拉

珠拉因为腰椎结核，前阵子刚从西藏军区总
医院救治出院，行走依然需要拐杖，送来的
洗衣机能帮助他解决日常洗衣服的问题

简单，更多是帮助当地农牧民享受到和城市一样的网购服务和价格。

据京东西南公司大件运营部负责人袁兴赤介绍，京东自 2016 年 3 月开始在拉萨建设了京东帮服务店，自开业至今，订单已经增长到每月 2000 单以上，其中 85% 的订单均是通过手机下单，但大部分订单均是拉萨地区消费者购买，来自阿里、林芝等地的订单并不多，但如果有客户下单，京东还是会配送，因为大家都知道，在偏远地区从事电商工作，把商品卖到消费者已经不仅是一件销售工作了，同时也是一份社会责任，"让所有中国人无论身处多偏远，都能享受到中国最优电商带来的购物体验。"

中国电子商务研究中心姚建芳表示，京东开拓西藏墨脱、阿里地区的物流配送，对西部偏远地区的消费者来说是直接受益的。偏远地区"最后一公里"的物流配送一直是大问题，京东的做法值得借鉴：一是解决了当地居民购物选择单一的问题，让他们也能享受网购带来的便利；二是墨脱、阿里这些地方交通情况复杂、自然条件恶劣，配送员可谓是用生命在送货，这不仅

是一份工作，更是一种价值体现；三是未来电商企业可采取人工配送和高科
技相结合的方式，比如采用无人机进行配送，最大限度提升偏远地区的网购
便利性。

长白山里部分地段没有信号，需要在路上先跟客户沟通再继续前行

林海雪原的红色"独角兽"

松江河镇站王泉龙

东北，吉林，松江河镇。一个在长白山脚下的小镇，如同《冰与火之歌》中的临冬城一样，冬季漫长而寒冷，下雪时间有4个月。进入冬天以后，寒风凛冽，积雪深达好几米。放眼望去，白茫茫的一片，荒凉却又壮观。

孤独的车辆在林海雪路中行驶着，坐在驾驶位上的王泉龙会觉得自己是林中的独角兽，林海雪原包围的世界整个都是他的。窗外可真是冷啊，零下10℃。路途已足够漫长了，孤寂与寒冷，把时间拉得更长了。

王泉龙，京东松江河镇站点仅有的4个快递员之一。松江河站，是距长白山最近的京东配送站，2015年就在这里。对周围县镇乡村居民而言，这个站

王泉龙

点的存在意味着，不用冒风雪就能买到想要的城里货。

"独角兽"王泉龙的世界太辽阔。虽然负责只有三个区域，但从抚松县到万良镇再到万达旅游景区，单程50公里。同站的孙大伟送货的固定行程是泉阳镇、北岗镇、砬子河村到露水河镇，单程达到惊人的100公里。这些路程还只是直线距离，不包含在镇上给不同客户送货的路程，而且这里有冬天——漫长的冬天。

王泉龙坚持要在写他的文章前面加上他同事孙大伟的照片，用他的话说："老孙累。"

7点，东北偏北还是一片漆黑，零下10℃，当别人还在被窝里酣睡，王泉龙就已起床，前往站点。一路上，满眼的玉树琼枝，寂静深幽，唯听见簌簌的雪花坠落，和脚下鞋底与白雪触碰的咯吱声，没有其他。他话不多，先是把一天要运送的货物搬上车、码好，然后就准备出发（这中间要1个半小时的户外作业，天也渐渐亮了）。临出发时站长付磊不断地说："安全，一定要注意安全，记得勤查轮胎。"

"等车开到了抚松县，客户也都醒了。"王泉龙配送的第一站抚松县距离站点30公里。

这辆用来送货的车是家里特意给他买的，算是对他工作的一种支持，同时也为之担心。冬天，白天温度近乎都是0℃以下，晚上更是低至零下20℃。雪永远不会化，路面结冰打滑，交通事故很常见。"用红绳系的地方就是出过交

长白山的冬天，时间被孤寂与寒冷渐渐拉长

在等待的时候，王泉龙总是看看爱车的情况

王泉龙正在往面包车上装货

从送货车里看到的窗外景象

王泉龙刚当上爸爸，女儿才5个月，松江河的冬天基本是冰雪路，所以家人给他挂了一个平安福

送货路上，王泉龙偶尔会看看雪景调剂一下心情

公司为配送员配备的防滑保暖鞋

万良人参市场

配送员孙大伟在等客户的时候会欣赏一下这个他曾经工作过的滑雪场

通事故的地方，通常都是车开到沟里去的，在这里难免会出现情况，只能自己多加小心。"且不说交通意外，这样遥远的路途，中间少有人家，要是汽车中途遇到抛锚熄火，几乎得不到解决，只有安静的有雪的树林。

开车的时候，得格外注意。王泉龙不抽烟，感到疲惫的时候，他会在车厢内放流行歌曲（很多流行音乐都是 DJ 版），身体跟着节奏摇摆，或是手指在方向盘上敲打着节拍。对于他而言，这是漫长路上不可多得的乐趣。

在松江河站站长付磊看来，王泉龙虽腼腆但爱笑。跟人说话总是乐呵呵的，让人觉得很温暖。"早啊！"王泉龙给一位熟客送货，收货间隙，打个招呼同时还攀谈几句，脸上总是挂着笑容。在这之前，王泉龙已经电话联系过收件客户，零下 10℃ 的冰天雪地里，没有戴手套的手被冻得通红。

这里的客户接触网购比较晚，写不清准确的送货地址特常见，特别是第一次买货的人，而且客户很喜欢约一个新的地点然后自己来取货，所以几乎每一单都需要重新确认地址。

还有一些烦人的事情，松江河的冬天走路可不是一件简单的事情，克服湿滑的冰面是必需的。王泉龙练就了一身好本领，一不小心在冰面上"打出溜滑"，他马上脚下一踩刹车，上半身一平衡协调，全然没事。真是久练成专业。

抚松县到万良镇只有 20 公里，但是路更难走一些，特别是一些半山腰转弯处和湿滑路面组合，行驶速度会变得特别慢。王泉龙会看看雪景，调剂一下，这时候仿佛整个世界都是"独角兽"的。沿途中有些路很难走才能到达的村庄，王泉龙甚至会自掏腰包让客户打车到约好的地点取货，等待时刻就与这林海雪原对话。

万良县对于王泉龙个人而言，有着不同寻常的意义。这个地方是入职后才开通的，一直由他负责。"这个地盘归我管"，这是他小小的心思。即便这个地盘归他管，也有很多陌生的东西，遇到一些不知道的村落，要去开辟。没有导航的地方，找不到进口，也找不到出口，但如果不找，你就永远不知道如何到达。

因为万良人参市场的开业，路也修缮了不少，基础交通设施的建设，让外面的车进来，而里面的人也能走出去。"这就是发展。"王泉龙打心眼里觉得这里的生活水平提高很快。从外面做厨师回到家乡后，发现人们学会了网购，而

圣诞节期间，王泉龙和同事装扮成圣诞老人，在雪乡配送

且购物力不断提高。"我们要做好的，就是将乡亲们购买的货物更快地送到他们手里。"

今天因为前几天大雪，有些区域封路了，王泉龙返回站点提早了一些，他会给那些未能在今天收到货的客户打电话通知一下，山里的人都能理解，有些老客户还会嘱咐他"注意安全"。回去的路王泉龙格外小心，今天，"出行平安"，还可以早下班，回去可以多抱抱5个月大的女儿！

很快就是圣诞节了，包括王泉龙在内的所有京东配送员都会变身圣诞老人，他的故事选在这个时候拿出来，特别应景——雪里圣诞老人装扮的"独角兽"正在路上。

配送员陈国栋在阿拉善左旗的腾格里沙漠

沙漠里的京东红

内蒙古阿拉善左旗陈国栋

　　这里是阿拉善左旗的腾格里沙漠，尽管黄沙漫天，资源匮乏，这里还是生活着一群勤劳质朴的牧民。过去，购买日常生活用品往往成为牧民们的一个难题。如今，牧民们有了一个很好的选择——京东商城，至于他们是怎么知道京东的，除了口碑和宣传之外，其实更多的都要归功于这里的一个京东快递小哥——陈国栋。

　　说起陈国栋，这里的牧民都会笑着说："哦，知道，就是那个穿红衣服的后生，总给我们送货的那个！"因为送货及时，服务态度好，这里的牧民对陈

配送车行驶在沙漠里

把货送到之后，小陈还不忘给牧民乌兰打一
桶水

国栋评价都非常高。陈国栋也是蒙古族，对于沙漠里的生活十分了解，他知道
那里缺水，所以每次送货，只要车里有空余的地方，他都要给牧民们拉上几桶
水。从来到京东的第一天起，他就知道自己要完成的配送任务与很多人不同，
他经常要穿越茫茫大漠，把货物送到牧民手中。虽然非常辛苦，但接到这样的
任务时，他又激动又自豪，能为牧民服务，为蒙古族同胞服务，别提有多开
心了。

这天，已经是下午3点多，陈国栋的配送车还在沙漠里行驶。这次他的目
的地是几户牧民客户家里，因为经常到那边送货，路已经很熟了。

小陈发现，最受牧民们欢迎的商品有小家电、手套等生活用品。马上就要
到客户家里了，他提前给客户打电话，刚一接通，他就用蒙语跟客户聊了起
来，虽然听不懂他们说什么，但是从他的表情可以看出，双方聊得很开心。

这位牧民名叫乌兰，是京东的老客户，跟陈国栋也是老熟人了。见到小
陈，她非常高兴。把货送到之后，小陈还不忘给乌兰打一桶水，他们一边走一
边用蒙语拉着家常，后来他给我们翻译了一下，乌兰说："下次有什么优惠的

时候你告诉我一声，我有好多东西都准备在京东上买呢!"

下一个目的地，是几十公里之外的一个蒙古包，住在里面的老牧民在京东上买了一双皮手套。只可惜我们到了之后，电话沟通才知道，老人在外面赶羊，一时回不来，所以非常遗憾，我们未能见到这位老牧民。陈国栋说这位老者人很好，每次他来，老人都给他端一碗蒙古奶茶。

所有配送任务都完成，已经是下午6点多，此时陈国栋的头发里已经都是沙子，口干舌燥的他一上车就喝了一大口水。启程，返回!

陈国栋就是这样，日复一日地穿行在沙漠里，为京东的客户带去最优质的服务，无论春夏秋冬，他送货从来没有延迟过。这就是京东人，即使有茫茫大漠阻隔，即使民族文化不同，只要客户有需求，我们就会用最短的时间，把最好的服务送到客户身边!

一个东乡族人的河州新事

甘肃临夏回族自治州和政县李文和

河州是一个古典的名字。在甘肃临夏回族自治州，如今很多人已忘记这个具有历史感的西部地名。

24 岁的李文和是和政县人，来自信奉伊斯兰教的东乡族，会说流利的东乡语。"现在像我这么大的东乡年轻人，大多能听懂东乡语，但会说的很少，以后这种语言可能就失传了。"李文和惋惜地说。随后，我向他请教了几句简单的东乡语，比如东乡人称为 sa er ta（萨尔塔，而含义是"商贾"），"你好"的发音是 zhi gou nou，wu la ting 的意思为山顶。

李文和曾经在北京一所民办学校学习美声专业，毕业后先后在北京和成都打工，后来因为母亲身体不好，回到和政。早早地结婚生子是大多数河州青年不可改变的人生轨迹，李文和也不例外。不过，外面的生活让这个年轻人更理解新时代的模样，所以他选择了在故乡做电商配送。

2015 年 10 月，外表看起来还略显稚嫩的他晋升为一名父亲。"有了孩子后，压力大了很多。我每个月的工资基本都用在给孩子买衣服、奶粉和纸尿裤了。"说完，李文和开始给我翻看他的 QQ 空间相册，照片上，他白皙秀气，跟眼前这位皮肤黝黑、身材干瘦、戴着眼镜的年轻人很难联系在一起。

他说，"以前挺爱打扮，挺爱自拍的，现在完全没兴致了。"

在河州，东乡人实际上是这里的"外来"人口，上次比较大的迁徙还要追溯到 19 世纪 60 年代中国的大动荡时期。据说最早的来源是色目人和蒙古人，

和政县城

每次被问起和政县京东配送站的位置，配送员李文和都会和气简单地回答："建设银行的后面"

环城东路的天合商贸城聚集着不少京东用户，大多数是在这里做鞋服生意的温州人，价格便宜、售后有保障的家用小型电器，颇受他们青睐。通往温州鞋服购物广场的这座楼梯，李文和自己不知上下走过了多少回

李文和开车到达北家崖村，村里没有具体的门牌号，几番电话沟通下来找到收货人已是一刻钟以后了。"村里的订单大多都是在外地打工的年轻人给家里下的，直接送到家人手里。尤其临近过年的时候，货量特别大"

下午两三点吃中午饭，晚上八九点以后解决晚饭对李文和来说是再正常不过的事。吃午饭的半个小时里，李文和被客户的电话打断了好几次

结束了一天的配送工作后，李文和还承担着站长助理的工作内容，每天必须赶在下午5点半之前回到站点参加西北片区的网络会议

14 世纪后半叶开始经历了更多的民族融合，逐渐形成了现在的东乡民族。他们有自己的语言，但是没有文字。

李文和是甘肃临夏回族自治州和政县的一名配送员。这是我认识的第一个东乡人，虽然河州的大姓是著名的"马"，据说是和先知穆罕默德的首字保持着谐音，但是汉族的姓氏也十分普遍，很多都是来自帝制时期的封赏。

每次被问起和政县站点的位置，李文和都会简单地回答："建设银行的后面。"那是县城唯一一家建设银行，在它的背后，曾是和政最热闹的西关街。但自从商业中心转移到东边的环城东路后，这个曾经繁华的商圈便日渐静默。

伴着西关清真大寺每天五次整点的宣礼吟唱，李文和的全部生活都堆积在这条陈旧、充满市井气息的街上。上午 9 点 10 分，完成了扫单验货工作后，李文和每天固定要做的事，就是去附近的邮政储蓄银行将前一天的货款存起来。在临夏这样的地方，更多的客户还是习惯现金和货物的面面交易，京东的货到付款服务让用户觉得更放心。

自从站里的小伙伴被调走，李文和便独自承担起了配送站的所有工作。站点需要 24 小时在岗值班，因此，虽然家近在咫尺，但回家对他来说并不是件轻而易举的事。"媳妇偶尔会抱着孩子过来看看。有一回，家里来了亲戚，我爸打电话让我回去招呼一下，但当时手头还有几单货着急要送出去，就没回去。"李文和一边低头操作着一体机，一边说话，表情平和。"家人就没有怨言吗？"我问。"也有点，我爸说我为了小几千块钱的工资连家都不回了。"他呵呵笑道。

送货是平凡而重复的劳动。这一天，李文和先到了温州鞋服购物广场，这座楼梯不知上下了多少回。环城东路的天合商贸城聚集着不少客户，多数是在这里做鞋服生意的温州人，价格便宜、售后有保障的小型电器颇受他们青睐。

辛苦是不怕的，但是送货很多是无奈。"周末的货是最难送的，单位不上班，多数只能等周一上班再投，这样周一的货就会变得很多，有些客户会更改地址，让我把包裹直接送到家里，有些家里没人的，会让我换时间再送。"最让李文和苦恼的是，给个别货到付款的客户打电话过去，他们声称并没有在网上购物，有些人没等话说完就挂了电话，还有些人直接把他的电话拉黑，设置为骚扰电话。李文和说，这样的订单最后只能做退货处理，退货率的多少，直接影响着他的业绩。

"和政地方小，电商送货还没有多长时间，谁都有个适应的过程，多接触就好呢。"李文和这样解释自己的苦恼。

货到付款、开箱验货和送货及时，因此，在京东上通过第三方购买服装，成了和政县很多女性顾客的首选。衣服拆包后，顾客们大多会拿着往身上比画，然后问："合适吗？好看不？"有些顾客试完会满意地收货付款；有些则因为布料不合适、颜色不好看、布料不好等问题直接选择退货。

尽管和政县的订单数量并不算多，但全县（包括乡、村）的配送工作都要由李文和独自完成。自从 2015 年 3 月入职以来，他开着的这辆普通的家用三厢车已经跑了 2 万多公里。

上午 10 点 56 分，李文和开车到达北家崖村，村里没有具体的门牌号，几番电话沟通后，找到收货的人已是一刻钟以后了。"村里的订单大多都是在外地打工的年轻人给家里下的，直接送到家人手里，偶尔有时候家里人并不是很清楚，要和下单的年轻人花工夫解释和确认。每到临近过年的时候，货量特别大。"

转眼回到县城后，李文和站在南关街繁华的十字路口匆忙拿起手机，联系起下一单货物的主人，不远处耸立的是和政县城最大的清真寺——南关清真大寺。

下午两点，烈日当头，一位客户把收货地址由县城中心改到了 5 公里外的近郊区，李文和拿着包裹站在一处树荫下等待。对于客户的要求，李文和的回答都是："成呢成呢，好好好。"他从没显露出丝毫的不耐烦。

下午两三点吃中午饭，晚上八九点以后解决晚饭，对李文和来说，这是再正常不过的事。吃午饭的半个小时里，李文和被客户的电话打断了好几次。潦草吃完后，他急匆匆地开车回到站点，接待前来自提的客户，然后继续联系上午没有联系到的客户，准备重新投送。

结束了一天的配送，李文和还承担着站点助理的所有工作，每天必须赶在下午 5 点半之前回到站点，参加片区的网络会议。会议结束后，除了将当天的自营以及第三方退货分批打单、装箱，还有汇报和做数据等工作。当然，当天的退货都要装箱扫码。

晚上 9 点以后才是李文和自己放松的时间，此时的消遣也不过是躺在床上看看手机、玩玩游戏，然后早早入睡。凌晨两点半，他要起床完成每天的第一轮工作：接货。

每天晚上，送货的车队从兰州出发，第一站到达的就是这里，紧接着是临夏、甘南，第二天中午返回兰州。

送货的师傅以及李文和从站点走出来，对于他来说，新的一天已经开始，周而复始。

"太极城"里的小哥

陕西旬阳县华正鹏

在刚刚过去的"十一"黄金周，有近 8 成快递员仍坚持工作，部分快递员甚至仍保持着每天 10 小时以上的工作强度。而在京东配送员华正鹏眼里，这就是快递员每天正常的工作，他告诉记者，快递员根本没有什么节假日，在这些日子里，他们反而会更忙碌，因为更多的人节日期间在旅游度假，接听电话不及时或不方便，导致送件难度与强度也增加不少。而在即将到来的"双 11"，华正鹏说，这是每年最繁忙的时段，但干得多赚钱就多，再累也值了。

华正鹏工作的区域，远离热闹的都市，23 岁的他需要每天开着面包车，穿行山间小道，华正鹏告诉记者，他在旬阳县城配送站，将在京东这个平台上产生的各类商品配送给汉江两岸的老乡们。旬阳是一个山区县城，北段为县城老城区，新城区沿旬河西岸向上扩展延绵几公里，因旬河入汉江处呈"S"形，所以又称"太极城"。每天都能遇到不同的道路状况，随时面临走哪条路的选择，山区里的配送，是一种别样的体验。

虽然有秦岭作为屏障，帮忙阻挡了南下的冷空气，但 10 月的旬阳，已经有了一丝寒意。华正鹏说，他每天早上 7 点准时出门，10 分钟后到达配送站，开始与其他配送员一同对传站车送来的货物进行分拣，一件件大大小小的货物根据面单上的地址分配给对应的配送员。

旬阳县共有 21 个镇，配送站经过 2 年多的发展，现在已经覆盖了大约 70%的乡镇。为了配送的高效，这些乡镇又被划分为 4 个配送区域，县城、南

华正鹏送货途中穿行泥泞的山道

老乡们帮华正鹏推车

线（汉江上游）、北线（小河镇方向）和东线（构元、关口、蜀河方向）。站上有 4 名配送员，每人一个区域，华正鹏的区域是东线，那几个乡镇就分布在汉江两边。

华正鹏说，316 国道在汉江北岸，以前可以通过国道到达这些乡镇，但从 2015 年年底开始，这一段国道断断续续好几处开始修路，每天只会在某一段时间对车辆放行，所以，不得不进行各种绕行。在准备出发之前，他都要跟几个乡镇跑车的客车司机确认好国道的哪几段还处于封闭状态、哪条路还可以走。经常会遇到晚上 7 点才放行的国道，他大多会绕行乡村道路，先去距离县城大约 14 公里的构元镇进行配送。在这条路上配送的时间长了，华正鹏和路上的客车货车司机都成了熟人，每一个路况都会被及时地分享。

在县城送货，不比城市的马路又宽又平，车开在乡道上，出县城两三公里就遇到爬坡路，遇到雨天，路面泥泞不堪。华正鹏回忆，一次雨天，面包车开着开着就陷入了泥泞，他挂一挡，猛踩油门，将方向盘往左往右打，试图把车从泥泞里开出来，但在这泥地里没那么容易。当他着急得满头大汗时，几位路过的老乡停下脚步一起帮忙想办法，几次尝试都因为轮胎打滑失败了。最后老乡们帮忙捡小石块垫在车轮后面，面包车才总算被推出来了。

往往还在赶路的途中，华正鹏会经常接到客户的电话，询问几点能送到货，他通常都会预估时间后给客户答复，虽然途中会遇泥地、山上的飞石等很多意想不到的事故，但他都会耐心给每位来电客户回复。华正鹏告诉记者，旬阳县的蜀构路在汉江南岸，和汉江一起蜿蜒在崇山峻岭之间，因是条乡镇道

华正鹏与客户确认送货时间

客户正在确认收货

路，所以时速不敢超过 30 公里。还有关口镇，他通常需要轮船摆渡到汉江对岸的国道上才能去配送。如果轮船还在对岸停泊，要上满车再摆渡过来估计得两个小时，他怕耽搁时间，还经常绕着山路去配送。

在旬阳县蜀河镇，57 岁的罗老师说，他两年前开始在京东上购物，他下单后，会关注流程，一般前一天到达县城，第二天肯定能收到京东配送员送来的货物。

华正鹏今年 1 月份来到京东，负责配送的区域虽然是一个乡镇，可配送起来并不轻松，一会儿得上这个梁上去送一单货，一会儿又得去那条山腰上的街道，每天送完车上的货已经晚上七八点多了，有时回到家快 10 点了。

华正鹏说，做配送员的这几个月里，他深切地感受到，网购已经进入了乡镇和农村，网购也从开始买几元钱的东西到现在会一次性买个千儿八百元。今年站上的单量和去年同期相比，增长约 300%，遇到促销活动时，单量还能再翻一番。网购正在改变着这些乡镇的人们。他最担心的是商品被拒收，拒绝可能意味着不认可，对于快递员来说，收件人顺利签收就是一种小小的成功。

这几日，华正鹏的妻子已经怀孕 8 个多月，他现在已经是位准爸爸，他说，晚上 10 点多回到家看到已经熟睡的妻子，他有些歉意，虽然每天忙忙碌碌挺累，但想起妻子和即将出生的孩子，浑身就又充满了力量。

长岛配送站首任站长杜远朋

"一个篱笆三个桩"的海上配送站诞生记

山东蓬莱长岛站杜远朋

"长岛终于结束了没有配送站的日子。"

2016 年 4 月 8 日中午，杜远朋在电话里兴奋地说。被海水环抱的蓬莱长岛主岛上，迎来了京东自建物流体系中一座罕见的"海上配送站"，杜远朋也因此成为这座海上配送站的首任站长。

今后，京东配送员们将服务这片群岛上的 4 万用户，并为改善他们的生活起到立竿见影的效果：通过开设长岛配送站，岛上用户在京东网购收货将从过去的"隔日达"大踏步地提升为"次日达"——和城市用户一样享受京东快速、便捷的网购服务。

131

杜远朋正在卸货

从"隔日达"到"次日达",可别小看这一字之差的物流配送效率,在海岛上建配送站,在国内的电商行业绝对是个壮举。历史上每个壮举的背后都离不开壮士,杜远朋和新开站点里的两位配送员范延光、马健一起,演绎了一出"一个篱笆三个桩"的《海上配送站诞生记》。

10 月的长岛,在国庆长假后转为旅游淡季,游客稀稀拉拉,很多餐馆也开始歇业进入休养期。

这是杜远朋喜欢的时节:人不多,货物从蓬莱提取出来后,运送到码头的路就不会拥堵,轮船也不会像旺季那样,随停随走,货物根本来不及搬运。他略有顾虑的是,冬天一天天近了,遇到起风起浪的日子,就会给快递配送带来很大困扰。自从 2016 年 4 月他从蓬莱站调到长岛筹备建站,这个冬天将是他正式作为长岛快递员要经历的第一个完整冬天。

在升任"海上站长"之前,杜远朋就在与长岛隔海相望的山东烟台蓬莱站从事站长助理工作。做事一丝不苟的他,早上卸货时是配送员们的伙伴,到了开晨会布置工作时又体现出一股带头大哥的范儿。

每个早晨七八点钟的时候,位于蓬莱市西南方位的京东服务中心就有从烟台市转运来的当日货物。这个时候,家住蓬莱市的杜远朋会骑着自己的摩托车准时赶来。蓬莱站有十余个快递员。货车卸货的时候杜远朋是卸货主力——因为他需要挨个拣选,把所有的长岛货物单独留在车上,在蓬莱当地的包裹卸完后,他好和司机一起把货拉到码头。

从蓬莱钟楼南路到码头的路上,路两侧有很多栾树。秋天的时候,这些树结出的蒴果像无数的小铃铛,煞是好看。蒴果外边是大片大片的粉色,剥开里边则是鹅黄、嫩青色的。这样的景致对于一个快递员来说,很多时候是被忽略的。在从服务中心到码头的半小时车程中,杜远朋会和司机聊几句当天的路况,然后在心里盘算的是今天的派送量、一会儿登船是否顺利。偶尔帮码头的安检或者售票员的下单捎货,这个时候也得盘算一遍。

杜远朋之前是蓬莱站的站长助理,每天早上他都要叮嘱配送员提高服务

从蓬莱港出发跨海送货,几乎是整个配送过程中最艰苦的一环

到了码头,他需要过两道关,交双份钱:一道是码头的安检,依照当天货物的体积,给货物"买票",遇到客户购置大件多的时候,这个费用是百元,而平时,五六十单的货物大抵需要缴纳 50 元左右。一道是购置自己的船票。货车会开到轮船上,然后他们把货卸下来,货舱是不允许留人的,偶尔因为担心货物丢失,他也会和轮船上的管理人求个人情,守在旁边。

因为每天都搭船,杜远朋和船上的所有管理人员都可以靠"刷脸"办事。他知道什么时间段,去船的哪些角落是最安静的。在下午自己返程的时候,他甚至可以跑到船长室,和老船长聊聊。

长岛是山东省唯一的海岛县,因境内有长山岛而得名。它由 32 个岛屿和 66 个明礁以及 8700 平方公里海域面积组成,其中有居民的岛屿有 10 个。

在正式设站前,长岛仅仅是蓬莱站的一个"支线",包裹每四天分发一次,而且是通过邮局走第三方发货。因为长岛居民总共不过数万人,大多快递公司都没有配置送货上门的人员,那个时候,长岛居民拿快递的模式都是这样的——电话响起,"喂,快递?你在哪?我马上过去拿"。

配送站设在居民最为集中的南长山岛,这里与另一片人口集中的北长山岛靠一座大桥连接。长岛站设立后,京东送货上门,让岛民们都很意外。"最后一公里"的问题再也不用他们操心,接到电话后的问话也从"你在哪?"变成了现在的"我在哪哪哪儿呢,你过来吧!"因为可以"今日下单、明日抵达",与杜远朋相识的其他快递公司的人经常会过来拍下他肩膀嘱咐说,自己刚从京

长岛配送员范延光带着配送货物上了船　　　　　杜远朋说："岛上超市的东西比京东贵一点"

东下了货，让他帮忙盯下。

　　杜远朋形容当地居民的特点是"八竿子打到的，都是亲戚"。在这样一个熟人社会送快递，便利处是"当他的电话打不通的时候，你能知道他在哪里"。因为，"他平时去哪儿，会和谁在一起玩耍，你都能掌握。包括谁有个好午睡的习惯，谁这会儿又出岛了，都可以在心里有数。"

　　长岛（群岛）南临蓬莱，北接旅顺，自然风光秀丽，气候宜人。岛屿周围有星罗棋布的港湾和众多的海水浴场，杜远朋每天送货时，可没有游客们那样的兴致。为了赶上配送时效，每天早上9点，配送员们都要准时搭乘渡轮，把岛上客户下单的商品从蓬莱港送到长岛港口。因为一些船运公司的规定，所有的货物必须在蓬莱港完成"转运"，赶上有大件儿货物，兄弟们就必须手挑肩扛，把货物装到其他有"资格"驶上渡轮的车辆上去（这些车子很多都是岛上乡亲的，当听说是为了给岛上送货，都会让杜远朋他们把东西装上）。

　　距离9点还有10多分钟，准备开上渡轮的大小车辆就几乎把蓬莱港码头挤了个水泄不通。这辆蓝色工程车的司机刚巧是配送员的朋友，结果没费什么事，杜远朋就将货物搬上了车，配送员还一直不放心，和货物一起上船。

　　从蓬莱港走海路到长岛港，距离约38公里，坐船大概需45分钟。而京东在这片群岛中最远会配送到示意图中最北端的"北隍城岛"，需要坐船5个小时左右，奔波于陆地和岛屿之间，杜远朋每天平均要在渡轮上度过两三个小时。

　　渡轮一路十几海里的颠簸加上各种转运，一些液体货物难免会出现漏液。检查中，杜远朋发现一瓶洗涤产品出现漏液状况，为了不耽误客户使用，杜远

长岛配送站已经正式开站了　　　　　　　杜远朋在回蓬莱的渡船里

朋自掏腰包，临时去超市买了一瓶同款的交到客户手中。

　　货物数量与日俱增，为了保障日常送货，最近半个月来，杜远朋上岛的主要任务便是筹备长岛配送站开站试运行，从内外装修到系统配置都离不开他的操劳。

　　4月8日便是这个京东"海上配送站"开站的正日子，除了他这位站长，两位配送员也将在这里常驻。今后，小岛上的京东客户有福了，下单订购的生活消费品送货时间，将从过去的"隔日达"，变为"次日达"，和城市用户一样快速便捷。走进自己付出了辛勤汗水的配送站，配送员们总是无限感怀……

　　在长岛站开站之前，由于岛上运力有限，赶上体积比较大的商品，站里还要临时"征用"配送员马健的私家车配送，保障客户能够尽快拿到包装完好的商品。

　　时间一长，岛上的乡亲们一看到这辆黑色现代轿车出现在家门口，就知道自己订的货物到货了。这不，岛上一位刚结婚的小伙子买了一大堆组装家具，配送员马健和范延光帮他配送，客户很早就和马健认识，也下来帮忙。

　　在长岛站正式开站后，京东在岛上专门配送了小型物流车，这辆黑色现代终于可以"歇歇"了，在没有配送站的日子里，几位配送员还克服了不少困难：没有固定的配送站，从船上接下来的货物就暂存在范延光亲戚开的小店里，这里不但是几个小伙子的临时配送站，还是他们临时的"家"。

　　除杜远朋外，长岛站还有两个在长岛土生土长的快递员。每天，当杜远朋把货物押送到长岛码头时，他俩开来的一辆破旧的面包车就已经在那里等候。

三人一起搬货上车，回到站点后集体验货。快递员按照自己划好的片区逐一用 POS 机签收，嘟的一声后，顾客下的订单上就会显示成"你的订单正在派送中"。

杜远朋之外的两个快递员，一个是骑着电瓶车配送南长山岛附近较为平坦的地区，一个是开面包车发送两头偏远的地区。从南长山岛穿过大桥抵达北长山岛的路上，放眼望去，是大片的养殖区，海面开阔，渔船点点。穿越到北长山岛，就是大片的渔家乐村落。快递员需要从"长岛锦源渔家""长岛众鑫渔家""长岛惠源渔家"等一堆考验眼神儿的招牌里，正确找到下单购物的那一家。

杜远朋把快递员类型分成"嘴甜型"和"腿勤型"。嘴甜的，往往不拼体力，靠自己会说话，会体察人的情绪，来赢得客户的满意。腿勤的，则靠速度，长岛的很多建筑都是六层左右的低矮建筑，基本没有电梯，这使得他们需要经常窜上窜下，有的客户热情，非要自己下来取件，但杜远朋根据客户的个性，在判断 10 分钟内对方不能下来的话，他都会一溜儿烟跑上去。

因为岛内淡水资源缺乏，所以沉重的矿泉水是常见的配送货物。过去，使用邮局配送时，客户接到水时，箱子往往是破裂的，瓶子都是分散的，因为退货麻烦，这种情况下，经常就需要再发一次货，现在这种情况已经成了回忆。

快递员马健说，因为岛内产业太单一，除了旅游、养殖和国家机关外，年轻人的选择非常受限。所以这几年岛上人口流失严重，大多数年轻人会选择在蓬莱或者烟台买房，这使得长岛的房价一直很平稳地停留在 4000 到 6000 元左右。他的高中同学里，大约仅有 1/10 的人留在长岛。

但流失的年轻人却带来了更多的配送货物，很多出去打工的年轻人会选择通过网上给家中留守的老人和孩子购物，这使得很多年长的人对网上购物充满好奇——在长岛站店面的东侧，是两台随时可以上网下单的电脑，有路人好奇，也会停留，询问一番。很多年长的人知道网上买东西便宜又不会操作的时候，干脆直接电话快递员帮他们下单。

所以马健在给这些对电商购物一知半解的用户配送时，会在货物外面会贴个标签，提示收件人如果对货物满意，希望可以给五星好评，如果有不满意，可以直接电话他们予以解决——这是京东严格考评给他们带来的压力，如果空单率（顾客通过客服周转过来的投诉）高，或者差评率高，他们都会脸上"挂不住"。

这种尽可能方便岛民"下单"的方式也是长岛站的需要。平时，长岛的货单量比较稳定地停留在 60 单左右。杜远朋算过一笔账，按照现在的消耗，人力费、房租、水电，每一单配送，京东大约需要投入 20 元的成本，但显然，很多日用品的利润没那么高。所以他觉得长岛站"当务之急"是把货单量提上来。

杜远朋现在还清楚地记得，长岛刚在蓬莱站开通发货线路时，第一天才 8 单。后来货物慢慢就开始到二三十单，当订单量达到 80，他们小小兴奋了一下。2016 年八九月份的时候，订单已经冲到百单左右。而当下，他最盼望的是，2016 年的风浪能小一点，恶劣天气少一点，长岛站的货单量能在明年从日均 60 余单提升到百余单。

长岛设站后，京东的物流配送覆盖了山东全境。除了两个主岛外，长岛北边五个、西边三个岛屿共大约不到 1 万居民，这八个岛屿的快递是每四天送达。如果是赶上去周边岛屿投送，就需要提早，因为需要坐船，就免不了等待，通常 10 点半出发，抵达最远的岛屿的时候就要下午五六点了，加上派送，返程的时候一般都是天色漆黑。

作为前汽修厂的修理工，他对目前自己的工作还算满意——工作没多久，就升了站长助理。开设长岛站后，因为岛内封闭，又容易起风起浪，耽误运输，很多人都不愿意进站，他则选了负责这个站，"虽然两边跑，至少每天还是回家的。"

如今，"海上配送站"的配送员，已经深深地植根于这片土地，与岛上的乡亲们相处融洽，很多上岁数的大爷大妈都把他们当成了自己的孩子。收货时给配送员递上一块毛巾或是一杯开水，让杜远朋、范延光、马健仁人心里暖暖的。

"有朋自远方来，不亦乐乎"——如同"海上站长"杜远朋名字中所包含的寓意那样，每一笔网购订单都是一次跨海的约定，在这座小岛上，京东与乡亲们不见不散。

赵志要的工作的世界，可能是全中国最核心的地区

仰望紫禁城，脚踏风火轮

北京王府井站赵志要

　　故宫、王府井，前巷、后巷、南河沿。这条北京最具历史和风俗的文化旅游线路之一，也是京东北京王府井配送站配送员赵志要每天主要的配送线路，坊间有个说法儿，这条线是京东"最有帝都范儿"的配送线路。

　　给你讲老北京的谜，看白胡子老头儿下盘棋，到了哪儿都不如跟紫禁城最有感情。就跟戏词里说的似的，这就是赵志要每天真实的工作环境，不过他可没有心思欣赏路边的风景，跟客户兑现 211 配送时效、承诺的一天三送，一大早就有将近 100 个订单，需要由他送到附近单位客户和胡同里的居民手中。

　　白天年轻人都上班了，这么多货都谁收？很多都是大爷大妈大叔大婶。在这条线上送货一年多了，赵志要跟客户渐渐熟络了，他发现，居住在城市核心区的老年人不能走远路，再加上住址附近没有大型超市，所以都成了京东的忠实会员，给家里大量购买生活用品。

矿泉水、啤酒、北冰洋、洗衣液……天气一热，赵志要的电动三轮车摆满了这些大件儿，送货时占地方不说，还特别沉。由他负责配送的几个老旧小区又没有电梯，其他公司的快递员到了这儿都会龇牙花子皱眉头，赵志要却二话不说，一趟趟往楼上搬；劳动人民文化宫不让进车，里面单位有客户买了饮料，他就推着小车一趟趟往园院子里拉……近日北京中午将近30℃的高温，让他大汗直流，一上午就喝了三升水。

在"最有帝都范儿"的配送线路上送货一年多，很多客户都对他的工作给予肯定。

"赵师傅，我现在不在家，我把邻居电话给您，麻烦您就让他签收吧。"

"哥们儿，我加你个微信吧，以后再下单我提前跟你言语一声儿。"

"小赵，辛苦了，又让你搬这么多水上来，这是家里刚烙的肉饼，带两牙儿路上吃啊。"

工作在北京最核心的地界儿，那么多客户的支持和关心，也让这个"几乎不能正点儿吃饭"的河南小伙儿非常感动。"我来北京10年了，很多工作都干过，最稀罕京东配送员的工作。"他说，还记得刚干配送那阵子，因为路不熟，他俩小时才送了十几单，紫禁城外、筒子河边、小胡同里的大爷大妈都非常热情地给他当向导，有一个门牌号特别难找，一位老大爷撂下激战正酣的棋局，为给他指路，愣是走了小半条胡同。

"大家对我好，我就要更加努力工作回报大家。"赵志要说，虽然自己不是北京人，但"厚道、局气、有面儿、牛掰"的北京精气神已经深深感染了自己，让工作中的自己感觉像是"脚踏风火轮"，有使不完的力气，用心对待每一位客户。

赵志要经过灯市口王府井教堂

附近主要是老居民区和胡同，大多是很老旧的6
层无电梯居民楼，居住的很多都是老人，赵志要
每次都要送货到家

虽然在市中心，但居民购买日用商品并不方便，
人们反而愿意选择网购

独门独院的客户

配送中碰到的窄胡同，只能徒手搬运，赵志要说：
"今天还好都是小件，遇到矿泉水什么的就重了"

在南池子大街院门口刚好碰见收货的大妈，大妈
热情地打招呼，一个劲地说："小伙子特好，送东
西特准时，你们要好好表扬"

这是今天重点要配送的地方，劳动人民文化宫里
面有很多单位和学校，院内不能骑电动车，因此
文化宫特意给京东快递员准备了一辆小车，方便
赵志要把货运进去

在红墙绿树之间

故宫午门，除了游客，周边还有很多单位，今天
要配送的是在故宫的工作人员

赵志要早已习惯了这个游客人来人往的配送区域

赵志要的配送车在故宫角楼前

配送中的赵志要

大学生戒"宅"驰骋上海滩

上海浦江站徐华

"I can't answer the phone right now."（我现在无法接电话。）电商配送员被客户挂电话导致没联系上，这种情况很常见，可如果在被挂电话后又收到对方这样一条短信，该怎么处理？这个会让很多配送员蒙圈儿的意外情况，难不倒京东的一线配送员。

"Hello, I am a JD.com courier, I just called you but you did not answer, I will call you later."（您好，我是京东配送员，您刚才没接电话，我会稍后再联系您。）被配送站里的兄弟们称为"大学生"的京东上海浦江站配送员徐华，遇

每天徐华都要跟客户联系上百次

配送区域内有很多住宅区，徐华每天要把一件件很重的家电扛上楼交给客户

到这样的情况连磕巴都没打，凭借良好的英语功底，迅速处理了这个 case（情况），将包裹及时交到一位外籍客户手中。

其实，就连徐华自己都没想到，这位客户在挂掉电话后，还礼貌地发过来一条短信，而短信的内容更加令人意外：纯英文！不过，对于一位大学毕业的配送员来说，这都不叫事儿。"不论侬说的是中文还是英语，都要以'客户为先'！"正因为这个观念根深蒂固，才有了那条标准的英文回复短信，兴许也会让那位外籍客户感到意外。

徐华所在的浦江站配送区域主要在上海外环，配送区域内的客户基本都是当地人。英语不错的他有时也觉得有些"英雄无用武之地"。所以，一旦遇到外籍客户，他内心都会有些小激动。"毕业好几年了，一直没舍得把英语这项技能放下，就是感觉以后一定能用上。"说起自己偏爱英语的原因，徐华还透露了一个小秘密：从学生时代起，他就是个 NBA 洛杉矶湖人队的铁杆粉丝。为了能经常看到自己的偶像，他经常上网看英文解说的 NBA 球赛，时间一长，自己对英语就越来越有感觉。

正是因为这个嗜好，让大学毕业后的徐华一度当上了"宅男"，用他自己的话说："一看起球赛来半天时间眨眼就过去了。"这个 28 岁的小伙子是江苏淮安人，毕业后来到大上海投靠亲戚，靠家里支持买了辆面包车拉活，有活就干，没活就歇着，每天还有时间看 NBA 球赛，倒也乐得个衣食无忧。同时，上海这座大城市的光鲜，也逐渐让这个年轻人产生了"幻觉"：不用到外面租

上海外环的配送区域很大，每天疾驰几十公里，必须要面包车代步

徐华和他的小伙伴们在一起，并不互相攀比吃穿，谁在上海认的路最多，谁的英语说得最好，都成了大家在工作之余的谈资

一手拿着扫描"枪",一手拿着手机对照,系统里 　徐华诠释了一个宅男的蜕变
显示有上百个单子,又是一个忙碌的工作日

房,城市生活又非常方便,实在"宅"得无聊了,想去哪儿玩就去哪儿,开车拉活的钱基本够自己生活所用,实在不够了还有家里……

总之,那时的徐华根本没想到自己有朝一日能成为一名京东配送员,"我有时网购,在家时还经常叫外卖,看那些配送员风里来雨里去的,想着自己肯定吃不了这份苦。"徐华的话很朴实,可随着"宅"的日子长了,身边的朋友白天都要正常上班,不能总是随叫随到;自己在工作上也是"三天打鱼,两天晒网",没个持久;最让他不能忍受的,是开始有人把他当成了一个好吃懒做的"啃老族"……

此时的他,希望找到一个稳定些的工作,听朋友介绍在京东干配送员收入很不错,在大企业工作,很受人尊重,年轻人在一起比着干,感觉日子更有奔头。这些因素,让徐华下定决心,在 2014 年 10 月来到京东上海浦江站,干上了他"以前从未想过要干的职业"。

工作中的徐华再也见不到曾经的"宅男"气质,感觉像是换了一个人:每天早上 7 点前他都要赶到配送站接货卸车,每天配送近百单包裹,由于配送区域较大,收工时间经常要到晚上 6 点,到家天都黑了。当他得知我要跟他聊几句,特意叮嘱我,一定要在中午 1 点准时打给他,"我每天上午、下午都要送货,只有午饭那会儿有点时间跟你聊聊。"

徐华的午饭非常简单——一盘炒面或是一盘炒饭,远远比不上以前"宅"在家点外卖时的丰盛。

"自己干了一年多配送员,感觉挣钱不易,哪能还像以前那样花钱大手大脚。"徐华感慨说，配送员的岗位让他改变了很多，团队、激情、尽职尽责，对每一位客户以诚相待，这些可贵的品质，正是他在加入京东后的最大收获。一年多的工作历练，给了徐华更大的信心和勇气，他说，自己的新生活才刚刚开始，会勇敢地去面对未来工作生活中一个个未知的 case（事件），继续驰骋在上海滩。

在川西高原上半年跑完 1.5 个地球

四川阿坝茂县许兆兵

在人口稀少、山河密布的川西高原，阿坝州茂县到松潘县 180 多公里的公路上，京东配送员许兆兵每隔一两天，就要往返一次。因为在大山深处，也有在京东商城购物的用户，而把货物送到用户手中，就是许兆兵的日常工作。在过去的半年中，他光送货就已经跑了 6 万多公里，相当于 1.5 个地球周长。

往返一次茂县到松潘　至少跑 400 公里

10 月 11 日凌晨 5 点半，地处西部地区的阿坝州还处于黑暗中，在该州茂县岷江边上的一个京东配送站，配送员许兆兵正忙着用 POS 机验货、封货，然后把 142 件货物装上自己的东风汽车。一个小时后，许兆兵已经开着车行驶在 213 国道上，他的目的地是更远的松潘县。

茂县平均海拔在 1500 米以上，凌晨气温已经降到了 10 ℃ 以下，而平均海拔在 2800 米左右的松潘县，温度要低得多。许兆兵穿着京东特有的红色工装，坐进车里时，已经有些气喘吁吁。

从茂县到松潘县的这段路程约

阿坝州茂县，货物到达店内后，许兆兵仔细检查核实信息

许兆兵的早餐很简单，午餐也是随便应付，忙起来经常吃不上

凌晨 5:39，送货的货车到达，许兆兵赶紧放下手中的活搬运货物

180 公里，往返就是 360 公里，再加上穿梭在松潘各个乡镇送货，一趟下来，许兆兵至少要跑 400 公里。而在过去的半年中，他已经跑了上百个往返。

许兆兵还记得，2016 年 3 月 14 日，他入职京东，成为一名配送员。此前不久，他刚买了这辆新车，入职后，便主要负责配送松潘县的货物。由于是集约线路，每三天运送一次，再加上其他区域的配送行程。"到现在这辆车已经跑了 6 万多公里，每个月都要做两次保养。"许兆兵说。

路上无聊犯困时就听伍佰的歌

茂县配送站是京东在阿坝州布局的 4 个配送站之一，除茂县外，还辐射周边的松潘县和黑水县。站上总共只有 3 名配送员，各有不同的分工，许兆兵负责配送距离最远的松潘县。因此，他成了整个四川最能跑的配送员。

"从茂县开到松潘，不堵车的话，3 个小时就能到。"许兆兵告诉记者，但遇到特殊情况，就十分恼火。"今年 7 月份，有一次跑松潘，刚出县城，前面发生了泥石流，车子堵了整整一天。"偏巧那天的货特别多，许兆兵在松潘住了一夜，第二天把货配送完才回到茂县。

但大多时候，许兆兵都是当天就返回茂县。送完一天的货，回到配送站已经是晚上 11 点多。许兆兵还不能马上休息，要将当天的配送情况录入电脑。"最晚的一次，躺到床上睡觉时已经凌晨 2 点了。"

越往川西高原深入，人烟越稀少，很多时候，蜿蜒崎岖的山路上只有许兆兵自己的车在奔驰。一个人开车走在路上，难免会无聊犯困。许兆兵说，路上无聊时，他就听听音乐，"我从上初中时就喜欢伍佰的歌"。实在困得受不了时，他会把车停在路边眯一会儿，睡醒后继续赶路。

千里走单骑，这条路还要继续走下去

松潘县境内的深山中，分布着多个架桥修路的工地，工人们有的已经在工地驻扎了四五年。"平时买东西很不方便，其他电商平台只能送到松潘县城，还得自己去取，只有京东送到门口。"一名中铁二十五局的职工告诉记者，他已经在工地上待了四年，这次买了一些办公用品，还给自己买了一条腰带。

在一家农家乐打工的羌族女孩小刘收到了在京东买的毛衣，"10 月 8 日下的单，今天就收到了"。"平时的货主要是衣服为主，也有在外地打工的年轻人，给家里的老人买了东西寄回来的。"许兆兵一边搓着满是倦容的脸一边说。

做一名配送员虽然辛苦，有时还要受委屈，但也有一些事情让许兆兵觉得挺自豪。8 月份，光明镇小学一位老师 6 岁的女儿生病，要到土门镇找一位医生看病。巧合的是，那天许兆兵给这位小学老师送包裹，看到孩子生病，他赶紧用自己的车把孩子送到了医生那里。

已经临近中午 11 点，车里的货还没见少，"好几个电话要么没人接，要么打不通，这样的只能发短信通知客户，下次再送过来"。多雨的松潘又下起了雨，许兆兵继续冒雨送货。顺利的话，"今晚 12 点前能回到配送站就不错了"。

小配送改变了高原购物习惯

许兆兵曾在建筑工地上搬过钢筋，还跑运输拉过蔬菜。今年刚满 27 岁的他还没成家，在京东工作的收入在这个县城属于中上水平，这让他对自己的未来充满信心。

末端配送确实是个辛苦活，尤其是在阿坝州这样的高山地区，长途开车自然必不可少。不过，对于偏远地区的用户来说，许兆兵仿佛充当了乡村电商大师的角色，他们盼望的，就是许兆兵将自己在网上买的商品送到他们手里。"我送过的货物，小到纸巾、螺丝刀，大到小家电、牛奶等。"11 日配送的货物中，就有两个汽车轮胎。随着农村电商和"最后一公里"物流配送的打通，哪怕在偏远山区，购物消费的习惯也已彻底改变。

轻轻叫醒克拉玛依的清晨

新疆克拉玛依站配送员

大美新疆，有一个美丽的地方，叫克拉玛依。那里拥有众多旅游景点，其中的世界魔鬼城便曾被评选为"中国最瑰丽的雅丹"和"中国最值得外国人去的50个地方之一"。

克拉玛依位于东经84°44′—86°1′，北纬44°7′—46°8′之间，地处准噶尔盆地西北缘，寒暑差异悬殊，冬季严寒。

12月4日下午，克拉玛依的市区下起了小雨，降雨一直持续到晚上，于23时又下起了中雨，并出现冻雨天气。气象局发布道路结冰红色预警，预计未来24小时内乌尔禾至五五新镇一线道路结冰现象加重。

5日清晨，由于路面结冰，行路障碍，公路被迫封路，导致京东物流传站车禁止进入克拉玛依。京东小哥无奈停留至小拐收费站。

清晨的街道车辆很少，冷风刺骨，让人忍不住直打哆嗦。不远处，环卫工人正在清理路面，不知道何时才能清理干净。

看到环卫工人辛勤忙碌的身影，被冻得通红的脸颊，克拉玛依站站长陈成内心萌生了一个想法：为同样战斗在第一线的环卫工人献出一份温暖！

在陈成的带领下，京东小哥们拿出了前段时间片区下发到站点的围巾，经过短暂的协商，决定先把站点周围区域的地面清理干净，经理留置站点等待传站车的到来，然后安排三个京东小哥派送昨日未妥投的货物，一人去修理故障车辆，其余九人则兵分三路，外出进行暖心活动，为在外清扫路面的环卫工人

克拉玛依配送站的配送员给环卫工人带上围巾

赠送温暖的红围巾，并亲自为其佩戴。

经过三个小时的步行，从准格尔路到外宾馆路后院，京东小哥共送出了60余条围巾。在到达准格尔商场时，因为人流量较大，有4名环卫工人清理路面，可围巾只剩3条。见此情况，京东小哥不顾寒风，毅然决然地摘下了自己的围巾，围在了环卫工人的脖子上，并不停地叮咛其注意安全。在京东小哥眼里，能够给身边的人带去温暖，带去快乐，自己再苦再累都是值得的。

环卫工人多为50岁左右的退休工人，当京东小哥亲自为他们佩戴上围巾时，他们的眼眶湿润了。

京东小哥和环卫工人，两个不同的群体，却拥有着同样的默契，能够相互理解彼此。他们同样日复一日，无畏雨雪风霜，坚定地战斗在第一线，也更加明白服务与奉献的意义，更加懂得惺惺相惜。对于京东小哥来说，他们感谢环卫工人在如此严寒的天气下仍旧辛苦地清理路面，保证了配送员乃至所有市民的出行安全。

在这样一个平凡的冬日清晨，京东小哥用他们的微薄之力，为环卫工人们带来了温暖。暖心的京东红，温暖的不只是环卫工人的心，更温暖了整座城市，整个克拉玛依的冬日。

那人那岛那片海

福建莆田南日岛、湄洲岛石瑞鸿

　　空气很潮热，南日岛（福建省莆田市东南部）的石南码头塞满了车。所有人都等着出岛，坐轮渡赶回市区。石瑞鸿的七座商用车嵌在五六十辆车的中前段，一动不动，已等了一个小时。他显得很急，但堵在这里又没有别的办法，看着前方的海面，天气似乎越来越不妙了。

　　这是暑期的一个下午，4点半，早该到来的轮渡还没有出现。

　　"看这个样子——"石瑞鸿摇摇头，跟旁边的卡车司机嘟囔了一句，钻回车里。这时，阴暗的天空突然沉下来，车窗上出现了雨点。眼看着雨水在窗玻璃上快速汇集，模糊一片，他没有说话，眉头越锁越紧。又等了一个半小时，消息传来，轮渡已停航。石瑞鸿往椅背一靠，赶了一天的路，现在反倒松了口气——今天确定回不去了。

石瑞鸿 36 岁，面庞黝黑，是福建莆田市的一名京东配送员，负责配送莆田市辖区内南日岛、湄洲岛两个海岛的货物。我们都叫他石师傅。他每天要通无数个电话，说话时口气很轻，语速很快，一个句子总是要重复好几遍："美女，你的货到了，你的货到了，哈"，"还是老地方，还是老地方，哈"，"我理好了货给你发短信，给你发短信，哈"。句尾的"哈"语调上扬，类似于"好吗"，是一声客气。

京东配送员的一天，从清早 6 点 20 分开始。刷牙、洗脸、换工作制服，5 分钟内完成。然后他整理腰包，灌好水壶，揣上钥匙和手机，几乎是夺门而出。6 点半，他的车已经奔向站点。石师傅开车快而稳，手放松地挂在方向盘下环。车里的功放音量开得很响，听音乐广播里一首接一首的流行歌曲。路边买的两个包子一杯豆浆，搁在挡杆边的小斗里，等红灯时，他就抓起来吃两口，三个红灯后就吃完了。

载上商品到达码头时，已过 9 点。只需片刻，这里就挤满了车：邮政的绿色大车、运载生鲜的小货车、送水的卡车，钻着空往前塞。如果要赶上 10 点半的那班轮渡，石师傅至少得提前一个小时抵达码头，排队上船。

南方太阳很烈，漫长的等待和拥堵的空间令人焦躁，司机们下车抽烟。戴着草帽的码头管理员板起脸，站在车辆间，恶狠狠地指挥新到的车挪移。石师傅也下了车，他永远和和气气的，帮着引导车辆，给他递烟。他其实不抽烟，家里两个女儿还小，但备着烟，和码头的人混了个脸熟，买票上船就便利些。轮渡的运载量有限，并不是所有车都能准时进岛。

在南日岛，京东有个固定的取货点，岛上居民都到那里自己提货（很多岛屿地址并不是很明确，而且有些很小的路并不能通行车辆，会设置取货点）。取货点就在南日岛的"地标"对面。所谓地标，是一栋 7 层的旧宾馆，位于南日镇主干道。这里也是全岛最热闹的地段，沿路都是宾馆、超市、海鲜市场和小饭馆。

石师傅人缘好，京东的取货"地摊"，摆在一家店面前的人行道上，店老

石师傅的家，位于莆田市区的一个旧小区

板没有意见。在固定吃午饭的小吃店借把椅子，或是寄放东西，也都不成问题。洒水车经过，他堆着笑迎上去示意，司机就很给面子地关一段水。

摩托车是岛上最常见的交通工具。一看到摩托车停下，石师傅立刻从马扎上站起身迎上去，"什么名字？"然后他立刻弯下身，从归置齐整的货摊上拣出来。

南日岛的京东购物，有个特点，岛民们几乎全部选择"货到付款"。石师傅必须忙而不乱，签字、扫码、开箱，把接过来的零散钞票塞进腰包，还要迅速找零，像打转的陀螺。最后一步，是帮顾客把箱子搬上摩托车后座摆好。

这天下午，一个女孩来了，刚买的新衣服拆封后，往身上一套，四下问道："可以吗？可以吗？"她对着后视镜看了半天，决定不要了。

货到付款退货很方便，南日岛的货通常要退个三四成。后来也又来了个老伯，买了"掌中宝"手机，石师傅帮他研究如何操作，耐着性子指导了十几分钟，最终也退了。偶尔，也有老顾客，还没停好摩托车，就招呼开了："老板好久不见，想你咯，没你怎么办哦！"

南日岛常年刮湿润的海风，卷着沙粒，扫过路面"沙沙"作响。三个小时下来，石师傅的面颊、脖颈和手臂都覆上了一层沙。五六十件单子还剩下十几件，他开始掐表，打电话，动作更快了，只要半小时内清完，今天就还来得

配送海岛的石师傅，每天有两三个小时都在等待。无论送货上岛，还是收工回家，他必须尽早赶到码头排队

及，来得及离开岛，回到市区。家里，两个闹腾孩子和妻子都在等他。

石师傅的家，位于莆田市区的一个旧小区。80 年代的老公寓楼地处低洼，每逢暴雨台风天气，必出现内涝。大部分情况下，即使遇上这样的天气，他依然得起早上班，老楼没有电梯，石师傅"噔噔噔"地一溜烟蹿下楼，一路踏着积水和泥泞疾走，一路利索地捡砖块铺出一条小径。

站点位于莆田市湄洲湾上的忠门镇，就在海边。附近的南日岛、湄洲岛两个海岛就归属这个站点的配送范围。石师傅是站里专跑海岛的快递员。库房的墙上挂着激励标语："战斗！战斗！只做第一！"

和其他跑内陆的快递员不同，石师傅的工作更艰难。海上天气多变，进出岛交通是不可控的，配送工作常常受到天气影响，因此，他收到差评的风险也比其他同事高很多。

每天清晨，快递员到达库房后，首先要从送货车上把当日抵达的货物搬下车，依照片区分成四堆。然后，一件一件清点前一天留下的货物，根据 PDA（移动数据采集器）扫描出的货品状态，分拣到退货堆，或待配送堆。最后，

喜欢网购的岛民，都很熟悉石师傅的"老地方"。他们收到短信通知，到了取货点，石师傅往往已经整理好了货物

一天中，石师傅最期待的时刻，是看着悬挂"莆田"两个大字的轮渡慢慢驶近码头，靠岸。赶了一天的路，只有在这时，他才能确定——今天回得了家

在回程的轮渡上，石师傅终于有空闲和心情，像游客一样，看看海上的风景

快递员们整理各自负责区域的货物，搬运到自己的送货车上。

　　大多数快递员每天都很匆忙。但配送海岛的石师傅，每天有两三个小时都在等待。无论送货上岛，还是收工回家，他必须尽早赶到码头排队。等待轮渡时，石师傅总望着海面，心里焦急，但急也没用。

　　从莆田驶向南日岛的轮渡，大约要行驶45分钟。开车上船后，石师傅走上甲板，立刻掏出手机，开始编辑群发短信，通知岛上的客户们取货了。接下来，是一项艰巨的环节——从公司配送的PDA上抄下每一单的联系电话，他必须沉住气，耐着性子抄录，否则容易出现差错，导致漏单。

　　岛民订购的商品五花八门，有手机、服装、鞋这样的小件商品，也有儿童

下班回家后，石师傅几乎把所有时间都花在了两个女儿身上

自行车、轮椅、立式风扇这样的大块头。到了取货点，石师傅停车，打开车后盖，货物全都塞在商务车后两排的空间。他动作麻利，一件一件往下搬，时间不等人。

喜欢网购的岛民，都很熟悉石师傅的"老地方"。他们收到短信通知，到了取货点，石师傅往往已经整理好了货物。地上铺着几张大麻袋，纸箱、纸盒、包装袋，按照姓名分类堆放，谁谁谁的货，在哪个位置，他记得很清楚。骑摩托的客人在摊子边一停车，报上姓名，他就能立刻递上货物。

有时，石师傅空坐很久，也等不到一个顾客前来。但另一些时候，顾客们扎堆了，忙得他措手不及。他给这边的小妹递上小刀让她开袋验货，又给那边的大爷递上笔签名，再掏出 PDA 查看货品状态，转身又接过钱塞进腰包并找零。

这是南日岛的石南码头，由于潮水、风雨、烈日和潮湿空气的浸洗，石墙石阶已经发黑。暴雨将至，天色黑沉沉压下来，小渔船泊在码头边，随潮起伏。码头一旁的海岸是平缓的海滩，叶片细长的巨大风车，拉开间隔，沿岸树立，那是岛上的风力发电机组。

在码头排队等船时，下起了雨，石师傅坐回车上观望。一时半会儿，不会来船了，他戴上墨镜遮光，放平座椅靠背，用胳膊枕着头打盹。雨点打在车顶棚，他躺了一会儿，突然又坐直起来，向前张望。大多时候，他根本就睡不着。

有时候，等了一个多小时，发现轮渡当天不会再来了。石师傅会打几个电话。第一通电话打给配送站站长，说今天得住岛了；第二通电话给家里，告诉妻子晚上回不去了，让亲戚来家里帮忙带小孩；剩下的电话，是给下午来不及取货的顾客，说既然今晚住岛，一会儿就把货送上门。

一天中，石师傅最期待的时刻，是看着悬挂"莆田"两个大字的轮渡慢慢驶近码头，靠岸。赶了一天的路，只有在这时，他才能确定——今天回得了家。

在回程的轮渡上，石师傅终于有空闲和心情，像游客一样，看看海上的风景。这道航程他看了无数遍，再熟悉不过了，即使趴在船舱窗口迎风望着海面，他脑子里转的也还是家事和孩子。

石师傅的小女儿今年七个月。在生孩子这个问题上，他经过了一番考虑。育儿意味着牺牲许多自己的生活和时间，要担负起一份重大的责任，但石师傅和妻子都很喜欢小孩。33岁那年，他有了大女儿。妻子辞了工作，全职带孩子，石师傅负责挣钱养家，两人都很辛苦。但妻子说，独生子女很孤单，他们就又生了个小女儿。

晚饭是一家人团聚的时刻。石师傅家的晚饭，往往需要两三个小时。小女儿太小，刚学会咀嚼，哭一哭，停下嚼两下，再哭哭。大女儿很好动，精力无限，扭来扭去东摸西看，吃两口吐一口。两个孩子没一个省心的，只能挨个喂。喂饱了小女儿，石师傅抱着她在家里遛弯消食，妻子开始专心对付大女儿。

下班回家后，石师傅几乎把所有时间都花在了两个女儿身上。今年国家开放二胎后，手机新闻和广播节目里出现了许多二胎指南，石师傅非常关注。电视里的专家说，生了小的，要对大孩子倾注比之前更多的关爱，夫妇俩于是更宠爱大女儿。晚饭后，当他抱起小女儿在屋里踱步时，坐在床边的大女儿就哭闹起来。

夜里，石师傅和妻子各自带一个孩子睡觉。11点半，女儿已经睡熟，石师傅背对女儿坐起身来，用手机浏览新闻。这是一天中唯一属于他自己的时间。一觉之后，新一天的忙碌又开始了。

小哥
之歌

"京东版"《成都》

让我精神抖擞的　不止昨夜的茶

让我牵肠挂肚的　不止温暖的家

客户不能等太久　骑着摩的赶紧走

让我感到为难的　是时间总不够

一年四季到处走　回忆是脚下的路

风吹日晒的日子　见证着我的样子

在这座阴雨的城市里

我从未放弃你

成都　没我送不到的东西

每天都在成都的街头走　喔哦

直到所有的灯都熄灭了也不停留

我会挽起我的衣袖

没空把手揣进裤兜

走到锦绣路的尽头

送货到下一家门口

叁

最美小哥
——将温暖递到你的手心

　　无论是城市街头，还是农村小巷，都能看到在车辆人群中穿梭的京东配送人员，他们身穿那一抹亮眼的红色，穿过风霜雨雪，顶着烈日骄阳，把货品送到客户的手中。

　　随着网购人群的不断壮大，配送快递的工作量也越来越大，快递员日均工作 9—10 小时，更别提"618"和"双 11"这样大促的时候。每一个劳动者都需要社会的认可，都应该得到尊重，但人们总是习惯性地关心快递员送来的包裹是否准时到达，是否完整无缺，却忽略了快递员的艰辛。

　　2016 年顺丰快递小哥被打事件在社会上引起广泛关注，这一事件虽然让人心痛，但我们还是见到了许多正能量，人们均表现了对快递员的同情和对打人者的谴责。职业没有高低贵贱之分，尊重都是平等的，当快递员微笑着为我们送上包裹的时候，还以一个微笑，说上一句谢谢，便是对他们最好的感谢与尊重。

　　京东配送员一直坚持微笑服务，这样的坚持，也让他们换来了同样的微笑。不论社会如何发展，我们始终坚信，温情存在于社会的每一个角落。

北京老赵和深圳小刘的"双 11"

一转眼，又到了一年的"双 11"大促，在全国数亿消费者尽享购物狂欢的时刻，京东数万名快递员也迎来了一个异常忙碌的时期。自 11 月 1 日"同是低价，爽购 11 天"大促启动，伴随着多种品类交易量猛增，配送员的送货量成倍增长，11 月从寒冷的北方到还处于夏天的两广，京东的配送员在各个区域默默地为"双 11"做着自己的贡献，用更加辛劳的工作，保证下单消费者在最短时间内拿到商品。

老赵是京东的一名普通快递员，头上的发际线已经明显升到了"中年高度"。他负责配送的区域是北京东四环大郊亭附近的几个小区和商业中心。"双 11"活动期间京东促销已经进入高潮。

老赵负责配送北京东四环大郊亭附近的几个小区和商业中心

15：30，老赵刚刚卸下一车货，并开始整理，准备装车送到附近的小区。货品的分类是很有讲究的，老赵会根据去不同地点的先后顺序，在自己的三轮车中摆放货品的位置，仔细的地点核对工作，对于老赵这样的京东配送员来说是非常重要的环节。扫码也是出发前必须

小刘负责配送伸着郊区大鹏半岛

小刘把冰箱搬到位于三层的客户家中

要做的事情，看似简单的重复，不仅是电商管理的需要，也让客户能够清楚地看到自己的货物"走"到哪里了。

16：30，老赵的电动三轮车终于出发了，今天的大件货物太多了，出发时间比他预计得晚了30分钟。而且，周边商住小区很多公司的下班时间是17：30，这就意味着，老赵要在很短时间内完成60—70单配送。

配送开始了，蓝色的送货小推车是老赵自己花钱添置的工具，赶上货多的时候用得上。从7层到5层，配送完一单再到另外一单，为了节省时间，老赵来不及等电梯，而是在楼梯间飞奔。

北京的11月傍晚天色早早就开始黑了。一个多小时老赵就送完了大半车货，但此时他仍是一脸愁容，三轮车又启动了，他最担心的就是，今天的货不能全部及时地送到客户手中。直到天完全黑了，老赵在一个橱窗前借着灯光打下一个客户的电话。这是在周边商场里上班的客户，下班后收货比较晚，为了十几单货，老赵还要像以前一样等到晚上9点钟。而如何以最快的速度把货送到客户手中，对他来说便是此时最重要的事。

同一时间，从寒冷的北方来到温暖的南方，深圳的配送员小刘也在打着这一场"双11"速度战。

湖北人小刘今年23岁，已经结婚生子，是京东华南深圳的一名普通配送员。他配送的区域比较特殊，是在深圳郊区的大鹏半岛，这里配送用的是面包车，小刘已经在半岛上跑了大半年，每天送70到140单货物，开车赶120公里的山路。

早上 9：00，小刘开始用货物塞满他的面包车。装车是很有技巧的，什么货先送，大小货物如何摆放是非常有讲究的，小刘的货总是码放得很整齐，他说："最多能在面包车里面放 140 件左右的货物，要是'双 11'促销期间要送两趟。"

虽然干快递的时间不长，可小刘养成了一个很好的习惯，出发前把先送的几个客户的电话输入手机，他说这样可以提高效率。第一单是一名拓展训练的指导老师，半岛上的很多酒店都有这样的培训项目。

当天的最大件货物是一台冰箱，客户是一位渔民，出海去了，等了 10 分钟客户回来了，他签字收货之后，小刘把冰箱搬到位于 3 层的客户家门口。

"这个客户我认识，'双 11'大促他买了一双鞋，我前两天给他送的。"等客户取货的小刘说，在农村送货，有时候不是去具体的地址，经常会找到具有标志性的"景点"，比如村口的大榕树。天天打照面，这片送货区域里很多京东的客户都认识小刘了，大家都能互相理解，有时候小刘送过去，有时候客户直接来找小刘提货。

吕庆蒙负责的配送区域是北京三源里，
这里有许多外国客户

一声"Jing Dong"，让老外成了中国通

北京三源里站吕庆蒙

　　越来越国际范儿的京东，最近登上了高大上的 China Daily（中国日报），缘起一篇名为《From hot water to hugs, 50 ways I've become more Chinese》的文章，翻译过来的大概意思是说，"从开始喝热水到不再见人就拥抱，证实老外成为中国通的 50 件事"。

　　以为练习使用筷子，努力学习普通话就是老外在中国生活的全部？那你可就错了。在一些老外看来，现代化的中国生活给他们带来了许多改变，看看文章列举的 50 个事例里的这一条，眼熟吗？跟"Jing Dong"相关的这句话，如果要用东北话来翻译，就是：跟京东快递小哥的关系处得杠杠的。

《中国日报》上关于京东的报道

到中国，想网购，找京东。为探寻 China Daily 这篇文章中的细节，京东的外籍用户讲述了他们与京东"路转粉"的经历。

Max，麦克斯，德国人，在北京一家知名德资企业的实习生，同事们都叫他"小麦"

Max，麦克斯，德国人，在北京一家知名德资企业的实习生，同事们都叫他"小麦"。由于不懂中文，小麦一开始在京东购物还需要同事的帮助，替他找到他想买的东西，并留下手机号。等京东快递小哥送货到了他们公司楼下，同事再通知小麦，让他下楼去取快递。当然，跟快递小哥报上同事的大名之后，小麦顺利拿到了自己订购的商品。

"Very fast（非常快）！"说起自己对京东的第一印象，他脱口而出。要知道在德国，小麦网购后有时会在三天后才到货，而在京东购物，当天就能到货。说起自己跟京东配送小哥相熟的过程，小麦又幽默了一把："必须要跟快递员好好相处，不然，我就只能花时间去逛商场了。"

安达洋，日本人，在北京一家日资企业上班，喜欢跟人聊天，网购习惯货

Tina，狄娜，俄罗斯人，是一名学生，中文说得很不错，在京东购物经历有三年了，除了买过手机，平时主要买隐形眼镜。感觉在京东网购送货特别快，小哥一个个都很和气

安达洋，日本人，在北京一家日资企业上班，喜欢跟人聊天，网购习惯货到付款

到付款。因为公司所在的写字楼里 POS 机信号不好，京东送货上门后，俩人还得一起到室外刷卡，顺带着聊一路。与日本国内的电商相比，他感觉京东的配送员"与客户的距离更近"。最让他惊讶的是，京东自营商品的配送，消费者居然可以免费选择送货时间。要知道，在日本电商行业，用户自己确定送货时间往往都要单付费。通常免运费的电商配送，快递员不会与用户电话约定送货时间，赶上送货时家里没有人，他会在信箱里留下一张纸条，大意是说：

李康宇，韩国人，现在上海工作，他对京东的快速物流和商品质量点赞，他在韩国网购时，平均要下单两天后才能到货，最让他烦恼的，还是那些韩国本地的平台式电商上假货不断，他还为此曾计划向韩国的"工商局""消协"投诉

这位葡萄牙大使馆的工作人员说："吕庆蒙几乎天天来送货，因为他自己非常喜欢在京东上买东西。两个人已经是生活中的好朋友"

"我来送货，您没在家。"此后，如果消费者希望再约送货时间，只能上电商网页或站点提出需求。

对于语言不通的外籍用户，京东的快递小哥也是使劲浑身解数为外籍用户服务，后者眼中"一定要处好关系"的京东配送员又是什么样？

吕庆蒙，京东北京三源里配送站配送员。外语，并不是他的强项，可他却肩负着三里屯一带使馆区的配送重任，天天给大使、"大秘"送货，办公用品、笔记本电脑、手机、珍藏老照片的中国历史书籍、进口红酒……都成了他经常送的货物。

吕庆蒙配送的区域内有很多外籍客户，在这个地方干了3年，经常打照面，很多客户都认识他，即便他们听不懂中文，但只要在电话里听到"Jing Dong"的发音，就知道快递小哥到了。

在墨西哥大使馆前，吕庆蒙正在打电话联系客户，不论客户说的是中文还是外文，他只会说一句："您好，京东快递。"在刚开始干京东配送的时候，吕庆蒙也有点小郁闷，因为一些在使馆工作的外籍客户还不信任他，每次出使馆接快递，总要拉上一个中国人——既当翻译，又兼职"保镖"。

相处的时间长了，面对这个长相慈厚的中国快递员，使馆里的外籍客户也"敢"一个人出来接快递了。这位葡萄牙大使馆的工作人员说，吕庆蒙几乎天天来送货，因为他自己非常喜欢在京东上买东西，货好又不贵。如今，两个人已经成了生活中的朋友！

每天，吕庆蒙都要在三里屯使馆区的街道穿梭。三年配送工作中，获得了很多外籍用户的信任和点赞，在手把手教会这些用户使用京东手机App里的售后"评价晒单"系统后，一些外籍用户收快递的时候都要拉住他，"必须当面给你和京东点'五颗星'的评价。"

小哥，就是信任

寻找走失自闭症儿童——沈阳依云站王瑁

2016 年 4 月 27 日上午 10 点多，鑫鑫（化名）爸爸下楼买些生活用品，待 11 点钟回到家时却发现孩子不见了，便急忙在家附近寻找，却没有看到孩子的身影。

鑫鑫爸爸马上联系到了训练中心，询问有没有孩子的消息。因为这个走丢的孩子正是在这家训练中心接受康复的自闭症患儿，接到孩子爸爸的电话后，沈阳小海龟自闭症训练中心主任孙丽娜连同训练中心内的教师和孩子家长立刻开始一起寻找孩子。

"当时情况十万火急，我们发现孩子不见的时候马上去了他们家楼下超市调监控，发现孩子已经出门一个多小时了。"沈阳小海龟自闭症训练中心主任孙丽娜说得知消息后十分焦急并第一个发出了朋友圈，"我当时特别着急，发动全院员工一起出去找，我朋友圈也有 2000 多人，大家都在帮我转发。"

训练中心对面，有我们的京东配送站——沈阳依云站，因为平时也经常去配送，所以大家都比较熟悉，而此时，我们的站长刘天一也通过孙院长的朋友圈得知这个消息，站长马上把信息发到了站点的微信群，此时正值午休时间，全站的配送员在收到消息的第一时间全部终止了午间休息，自发地来到街上帮着寻找孩子。此时，刚刚吃完午饭的京东配送员王瑁看到了这条信息。也加入了寻找孩子的队伍。

王瑨接受媒体采访的视频　　　　　　依云站的全体员工

王瑨说："我当时看到消息后特别着急，心想孩子的家人该多么担心啊！于是赶紧开始从我所在的位置附近寻找。大约寻找了20分钟吧，就在附近的一个车库，看到一个小孩，感觉和照片上挺像的，就赶紧拍下来发到群里确定一下，结果还真是！因为考虑到孩子有自闭症，怕着急接近孩子，会对孩子造成惊吓，我就马上联系到他爸爸来接他了。"

当鑫鑫爸爸找到孩子的瞬间，泪流满面，紧紧握着王瑨的手不松开。"

事后，多家媒体到站点采访，29岁的王瑨不好意思地笑笑，"我们做配送员的每天都在街路上和各个小区之间来回跑，有时候帮别人解决点问题其实也是顺手就帮了。其实这算不上是多大的事儿，只要孩子能安全回到家就行。"

让客户放心交出家门钥匙——南京下关站王继胜

凌晨5点，老王和妻子已经起身穿戴整齐，准备出门，妻子要去赶6点的早班，老王则要赶去京东下关快递点分发领取快递包裹，开始一天的忙碌。这时候，上六年级的儿子还没有起床，过会儿，孩子会按照闹钟自己起身洗漱，拿上老王给的零钱，在上学路上买点早饭对付一下。

干京东快递员5年多了，淮安来的老王把自己从"陌生人"变成了小区居民心中"最值得信任的人"——他的名字叫王继胜，今年38岁，认识他的居民们都亲切地称他为老王。

下午2点钟，老王正准备骑着摩托出发，把刚从中转车上分拣出来的包裹，送到自己负责派送的金陵小区。

王继胜在南京长江大桥下，桥上写着毛泽东的话："人民，只有人民，才是创造世界历史的动力。"

"5年前刚干快递员的时候，我是在京东快递的栖霞站点，也是配送这个小区和其他一些地方，那时候网购的人还没有这么多，栖霞站点分管的片区很大，我从分拣站赶到小区送货要骑摩托赶10公里路。这几年上京东网购的人越来越多了，栖霞站点根本忙不过来，已经分成了好几个站点，我被派到了下关站，因为快递件数越来越多，快递员队伍也越来越大，我已经专门分管金陵小区和附近的配送，不过路程近多了，几乎就在站点门口，骑车几分钟就到啦。"

分拣站从10公里变成几步路，让老王感觉到了这些年京东"剁手族"的壮大，以前每天送很多小区，件数大约也在80—100件，现在只负责这一个老小区，可件数还越来越多，平时多的时候达到了120件左右，到了"双11"那就更没谱了，"一天200多件，早上6点多出门，要送到晚上十一二点才能忙完回家，虽特别累，可是月工资也水涨船高，忙得高兴啊！"

路变近了，老王却越来越辛苦。跟随老王送快递是一件苦差事，金陵小区一村到七村全部是老旧小区，没有电梯，大小包裹都需要爬楼梯。十几趟快递送完，记者已经累得气喘吁吁，但老王却一直乐呵呵的，扛着两三个箱子还能身轻如燕地上下楼梯，脚步丝毫没有放慢。

"最怕的是有人网购的矿泉水、洗洁精啥的，非常重，要爬到八楼，也真的吃不消。"放下手中的箱子，老王一边微微喘气一边说。可偏偏怕什么来什么，这些老旧小区没电梯，居民也不愿往楼上搬重物，于是选择能按时快速送货上门的京东快递很放心，因为像老王这样的京东快递员一定会给你送到家门口，而绝对不会偷懒丢在物业后给你发个短信完事。老王说，自己送货的极限是一次扛了75斤重的东西爬八楼，"再多就得分两次跑啦。"

老王送到的不仅仅是货物，已经成为小区居民熟人的他总是随手就能帮到居民朋友，楼上看到垃圾他会带下楼，楼下碰到老奶奶会帮着拎菜一起上楼，或者老人抱着孙子上楼实在累，他也会伸手帮忙抱上去。"老王来啦！"成为小区居民和他打招呼的固定方式。

"我也知道有电梯的小区更轻松，但这么多年我已经习惯爬楼，对这个小区的感情也很深。这个小区每一栋楼的住户什么时间方便收快递我都清楚，所以送件成功效率也高，这里没有比我更合适的人了。"

采访过程中，老王电话和微信响个不停。"老王啊，我今天的冰鲜你给我放好啊，别化了，等我下班送过来，老时间。""老王，我的快递给我放老地方啊。"

对于客户的要求，老王几乎有求必应，甚至为了客户们随时能找到他，还专门建了个微信群，谁有啥要求群里呼他一下就行。5年来积攒下的良好形象，让许多住户把他当成朋友，放心大胆地请他帮忙。一次，老王在约定时间上门送快递，碰巧对方不在家。电话中，这位住户竟直接把家里放备用钥匙的隐秘地方告诉老王，让他自己开门放快递。这种信任让老王意外，也让他感到，自己从一个"陌生人"，真正变成了客户的熟人、朋友。

多年下来，许多客户和老王之间都有关于快递的"小秘密"。一个微信，一个门牌号，一句老地方，老王就能知道对方是谁，住在哪里，并能妥善地把快递投放到客户指定的秘密位置。不过，对于低层住户的快递，老王还是坚持亲自交到客户手中。他说："一些低层住户图省事，有时候会让快递员直接把快递放到门口，这种情况我都会拒绝。因为低层楼道相对不安全，我宁愿多投一次，也不希望客户丢失快递。"

守着住户的秘密，老王在工作上更加认真，要求自己不能出丝毫差错。凭着对工作的热情和不怕吃苦的干劲，老王已经连续 3 年成为京东快递明星配送员。

快递员工资和送件数量挂钩，工作辛苦。自从开始送快递，5 年来老王很少休假，几乎没在家里吃过早饭。中午半个小时午饭时间，也只能随便买个快餐对付一口。为了多挣钱，早出晚归的疲惫已经是生活的常态，遇到"618""双 11"这样的网购节，老王晚上十一二点才能回到家。

如何消除疲惫？老王说只要和家里人吃顿饭，所有力气都能回来。普通家庭晚饭时间在六七点钟，但老王家的晚饭特别晚，总是 8 点以后，甚至 9 点才开始，这是老王每天回到家的时间。记者打电话时，一家人已经在吃晚饭。老王的妻子告诉记者："晚上是一天中三口人唯一能坐在一起吃饭的机会，除了'双 11'那几天，平时一家人都在一起吃晚饭。"老王说，饭桌上，听儿子说了很多学校里的事情，一家人热乎乎的，感觉一天的疲惫已经烟消云散。

快递 8 年零投诉——上海千阳站吴咸满

京东配送站千阳站的配送员吴咸满，今年 53 岁，在京东工作第 8 个年头。上个星期老吴回了趟老家，配送区的顾客们却十分挂念："老吴呢？今天怎么他没来送货呀？"吴咸满与配送区的顾客有着深厚的情感，这情感来自于老吴的热情和周到。

早上 5 点，老吴就从家出发前往千阳站下货、扫描入库、分货上车，这些货品必须在下午 1 点送到。尽管每天老吴都是第一个到千阳路配送站，但由于他负责的区域配送数量较高，往往准备工作就需要一个多小时，麻利地将这些货物都搬上自己的面包车后，老吴就向金钟路、天山路一带驶去。

今天上午老吴的送货量是 129 件，其中大部分都是来自同一处办公楼，因为货物体积大数量多，老吴用一辆随身的小板车上下来回运了 4 次，"现在的货越来越多了。"老吴指着堆满走道的货，开始发短信、打电话通知客户取件。"老吴，回来啦？""吴师傅，好久不见了啊！"从这幢办公楼建造开始，老吴就已经在这里的街头巷尾配送，在这工作久了的人，早已和老吴如同朋友，他一

8年来，吴咸满风雨无阻零失误率地将快件送到顾客手中

结婚30年，老吴和妻子第一次来到电影院看电影

直这样说，支持他工作的起点就是这群"如同朋友的顾客"。他印象很深的一次，是几年前的"双11"期间，正逢上海大雨，快递速度因此有些耽搁，但是在他的送货范围内，没有一个消费者因此迁怒，相反，很多消费者在拿到货品后，连声表示"辛苦了"，还有人拿出干毛巾让他擦一下雨水，"那一次，整个网络包括舆论都在为快递员点赞，让我觉得这个职业被真正地尊重着。"

老吴获得的2016年度上海市五一劳动奖章，是所有获奖者中唯一来自快递行业的劳模，在整个快递行业也是极少见的，老吴很自豪，把奖章放在家里最显眼的位置。老吴妻子一半心疼、一半埋怨地说："老吴平时工作太认真、太拼了，双休日在家就是睡觉。"结婚30多年，老吴甚至都没有带妻子去过一次电影院。为此，记者专程买了两张电影票送给老吴，希望他能带妻子去"浪漫"一下。老吴特意理了发带着妻子来到电影院，显然老吴并不太习惯，与妻子来电影院还有些害羞。看完电影，老吴说："真的太好看了，我从来没看过这么好看的电影。"

老吴快递走了8年，每一个犄角旮旯，每一条弄堂，他甚至比当地居民还要熟悉，这八年他的配送投诉率为零，出错率也为零，认真仔细的老吴，核对着每一个代领人的信息，一个接一个地询问没能及时来取件的顾客。在大家眼里，"老实""温和"就是老吴的标签。

5万元误转，5分钟退还——杭州三墩站金凯

4月20日下午，家住杭州三墩的小可（化名）准备转账给老公，打开手

机转账界面，点中一个账户，她便把 5 万元钱转了出去。很快，老公找来了：钱根本没收到！

小可一查，自己搞错了，5 万元钱转到了别人的账上……这钱到底误转给谁了？还能不能要回来？

金凯，京东杭州三墩配送站的一名快递小哥。4 月 20 日下午，天下着雨，他正在配送的路上，手机突然响了。

"不好意思，我错把 5 万元钱转到你的账户了。"电话里传来小可焦急的声音。

原来，小可老公的名字中也有个"凯"字，小可这才一个不小心转错了账。发现出大错后，小可连忙找到转账平台的客服，但客服表示查看对方联系方式需要申请，只能等待。这时，小可突然想起来，收款账户可能是之前支付过货款的京东快递小哥的，联系京东客服后，她找到了金凯的电话号码。

金凯平时随身带两个手机，一部是接打工作电话的老年机，一部是自己用的智能机。为了节省流量，智能机平时都关闭了上网功能，所以，小可的钱转来时，金凯压根儿不知情。

得知小可将钱误转到自己账上，金凯让小可先别慌，自己则把配送车停到路边，用手机查看账户，确认是否收到了这笔钱。

"当时雨下得非常大，他在路上，有些听不清我讲话，但语气一直很淡定，让我不要挂电话。"小可说。

这通电话持续了 5 分多钟，也就是在这几分钟里，金凯冒着雨确认了账上真的多了 5 万元，并毫不犹豫地将钱退了回去。

"我的心情真像是坐了过山车，小哥说钱已经打回来，让我查查有没有的时候，我真的眼泪都要出来了，太感谢了……"小可说。

4 月 21 日上午，媒体记者在京东三墩站采访金凯。当时，他正和同事们一起分拣货物，为下午的配送做准备。

得知记者来意后，金凯说："这是我应该做的，换作其他兄弟，也会这么做。"他一边说着话，一边已经装好了自己的配送车，一刻不耽误地出发送货了。

金凯是安徽阜阳人，1990 年出生，到京东工作才一年左右，目前负责的

在同事眼中，金凯吃苦耐劳、乐于助人

金凯给小可打回 5 万元，并备注"转错账，京东转"

金凯用自己的一言一行，获得了越来越多客户的信任

望着墙上的廉政警示牌，金凯说他热爱配送员这个职业

是灯彩街、润达花园、丰庆路、新世纪花苑、祥符南路等片区的配送工作。他的同事小张介绍，金凯平时就是个很热心的人，"我们的工作时间是早上 7 点到下午 4 点半，但阿凯经常会为了给这个时段不在家的用户及时配送而自愿工作到晚上八九点。"

在金凯所在的京东三墩配送站，一个快递员每天送件量有六七十件，月平均收入 5000 元左右，网购高峰期收入在 6000 元左右。也就是说，小可转来的那笔 5 万元的"横财"，抵得上金凯风里来雨里去 10 个月的收入。

但是，他毫不犹豫地抗拒了这种诱惑。

小哥，就是使命

背起大冰箱，赶上小火车——四川犍为县站

网友"俊哥在路上"，是一名玩了几十年摄影的四川资深摄影师，也是一位京东资深用户，去年6月初，他参加了京东与 LOFTER 合作的"618摄影挑战赛"，来到四川省嘉阳小火车所在地——四川省乐山市犍为县。在那里，他发现京东帮的快递哥居然需要坐蒸汽小火车才能进入芭蕉沟给客户送货！于是他将镜头对准了辛苦却不忘调皮的快递小哥……

犍为县地处岷江中下游，曾以"岷江号子"闻名，是一个典型的面积不大、人口不多的西部小县城。天气晴朗，犍为县京东帮的快递小哥从县城出发前往乡镇，上坡时，载着货的小面包车有些吃力。这些货都是要送到农村客户家里的。

第一个客户家住村里，最后一小段路车进不去，快递小哥果断把冰箱背到肩上，沿着村民们踩出的小路寻找农家。都是些重家伙，小哥很快就大汗淋漓。

第二个客户叫余剑华，家住芭蕉沟，就是吸引了全国各地游客前来看油菜花、坐小火车的"嘉阳小火车"所在的乡镇。为了保持原貌和吸引力，所以这里的火车还是蒸汽机车。到了近火车站的地方，快递小哥们被告知面包车开不进去，他们只能和当地居民一样，坐载客小火车进入黄村井。买票，在站台上等待火车到来。

上坡时，载着货的小面包车有些吃力

客户住在村里，最后一段路车进不去，快递小哥
把冰箱背到了肩上

在站台上，等待小火车进入黄村井

送货路上，山水迢迢，有时孤单，有时热闹

在当地煤炭博物馆前合影

回程路上，还可以欣赏沿途风景

听当地居民说，除非自己骑摩托车，否则大家出行全靠这列小火车，说是载客，大多数时候是客货混载，有时还能碰到邻居家赶着猪啊、羊啊上车。

对于常常要到乡镇送货的快递小哥来说，送货路上山水迢迢，有时很孤单，有时很热闹；有时很枯燥，有时却有意想不到的体验，比如背着大冰箱乘坐蒸汽小火车，回程路上，还有心情欣赏沿途风景。

与时间赛跑的幸福使者——姚鹏飞

快递员，是我们"最熟悉的陌生人"，他们风雨无阻，同时也希望得到人们的尊重，一个小小的包裹对他们而言，承载着太多的责任与幸福。

姚鹏飞是京东一个普通的快递员，工作已经有三个年头了，对他来说，他最大的快乐就是把货物安全快捷地送到客户手中。

姚鹏飞每天6点起床、洗漱、吃饭，然后和3岁的女儿告别，出门上班7点，他来到公司，和同事们一起卸货、分货，开完早会之后，他便准备出站。一般来说，他一天骑车起码得跑三四十公里，虽然很多地方都不是很远，但却要走街串巷，不停绕圈。

刚开始当快递员的时候，姚鹏飞因为不熟悉路线，或是找不到客户的具体地址，也出现过迷路走丢的时候，偶尔遇上脾气急躁的客户，也会冲他发脾气，但他会耐心地解释，并尽快地把货物送达。姚鹏飞表示，大部分客户还是非常理解尊重快递员的，他每天说得最多的话是："请您签收，祝您生活愉快。"而他听到最多的话，便是"谢谢"。因为这样一份理解，姚鹏飞觉得自己不仅把快乐幸福传递给了别人，而且他也有特别大的成就感。

为了更快地给客户送去货物，让他们体验到更优质的服务，姚鹏飞都是以最快的速度、最便捷的路径去到自己的片区，他为此还画了一个小地图，避开特定时段比较拥堵的路段，甚至每次上楼他都是小跑，只为了和时间赛跑，多争取一分一秒。

刚开始做快递的时候，家里人得知姚鹏飞每天要骑着电动车在大街上跑，觉得不太安全，也不太理解，但他们看到他每天都过得非常快乐，开始渐渐地理解他，支持他。对他来说，每天和心爱的妻子和孩子在一起，家庭和睦美满，还有逢年过节的时候，客户发来的一句句感谢祝福，便是他人生最大的幸福。

姚鹏飞真心热爱着这份工作，并且为之努力奋斗，体现着劳动者的价值，毫无疑问，他是这座城市里与时间赛跑的幸福使者，用最快的速度把幸福传递到每一个客户手中。

暴雨季里京东帮
——广西南宁中心象州曾卫青

数十米宽的水面上，正努力背着几十斤重的大家电过河的"小人儿"便是京东帮的工作人员，为了不耽误下单客户使用大家电、兑现京东在当地农村大家电下单 48 小时内完成"次日达"的服务承诺，他挽起裤管，蹚着没到膝盖的雨水往前走，他的客户正在对面的村子等着他。

他叫曾卫青，是京东帮华南区域广西南宁中心象州服务店的一位员工，这个当地小伙儿只有 25 岁，却成为空调安装维修的行家，更是店里配送服务的顶梁柱。

　　说起前不久蹚水送货的"壮举"，小曾显得很淡定。送货那天他们那里赶上连续下了 3 个多小时暴雨，傍晚雨势一小了大家就抓紧开车送货，照片里他背着的那台 1.5 匹空调是送往象州大乐镇新杯村，这个村子里的京东订单量几乎占了店里配送量的 30% 以上。因此，单程 40 多公里的配送之旅，小曾隔几天就要走一次。

　　"山上的雨水一下来，把路都冲了，小货车一下水就熄火了。"回忆起几天前那一幕，小曾记忆犹新，他赶紧给客户打电话说明情况，"我就是背也把空调背到您家。"客户也动容了，让小曾等天气好了第二天再送。第二天送？那势必就要过了 48 小时的配送时效了。

　　如果说了不算，那还叫什么服务承诺？面对前方 5 分钟车程的配送距离，小曾还是决定背起空调"过河"。由于经常走这条路送货，小曾对水下路面的情况还比较熟悉，但他还是没敢赤脚过河，"水底会有很多杂物，要是因为光脚过河被扎伤了，可能会耽误好几天的配送工作。"

　　京东帮象州服务店店长说，小曾的服务经常获得客户好评，"是一名优秀的京东帮员工"。

　　长期累积的客户青睐，也让小曾在过河后收到一份惊喜。"客户打来电话，让我站在河边哪里都别去，由他开车来接。"

　　下订单的收货人主动来接京东送货人，这一定不科学！

　　这种"不科学"的现象从何而来？记得这群送货郎说过："我们送货到村，坚守配送时效。"于是他们翻山越水、肩挑背扛、雨雪无阻……都会将手中的货送给农村电商客户。他们凭自己的智慧与力量打通从数十公里配送路到"最后一公里"上门行之间的关卡，让农民与电商"亲密接触"，他们就是京东帮配送员。

　　随着南方雨季来临，京东帮配送人员的故事还有很多。当地有村子不通公路，订单配送时逢雨后，只能人力配送，他们背着大家电在山间泥泞的土路上走了好几里地。

　　在中国广袤的农村土地上，到处都留下了他们的足迹。和曾卫青一样，他们中间很多都是当地人，每天用自己的诚实劳动和专业技术，为父老乡亲服务，对于他们来说，这是最后一公里的坚持，更是一份责任！

小哥，就是温情

爷爷，新年快乐！——天津才华站配送员

腊月二十八，也许你正在购置年货当中，也许你正在陪着家人等待新年的到来，也许你正在享受假期带来的舒爽，而京东小哥依旧在奋斗着，努力着，前进着，京东小哥没有回家过年，他们在配送一线陪京东客户过大年，把商品安全准时送达。

还有将近两天就是除夕夜，有这样的一件事情在天津才华站发生了。

在送环湖东里的货物时，何建伟师傅发现手里有好多该小区 × 号楼 ×× 的生鲜订单，联系不到客户。由于还有好多货等着送，就给站长陈世刚打电话，自己继续配送，他请站长协助继续联系客户。站长得到信息，用站里的座机继续联系，可仍然没人接听。

"一定要联系上"，陈世刚站长也没放弃，一直在打……

电话终于接通了。

原来这单是企业为关怀员工，为员工订的年货。而关怀对象是一位年近90 岁的老爷爷。由于年迈老人去了养老院休养，已不住在环湖东里，而养老院位于南开区与青年路交口，已超出才华站的配送范围。站长想如果转投，老人肯定会晚一天收到年货。于是陈世刚站长作出了一个决定，他让兄弟们开自己的车去给老人送去。临近放假，年货不能晚到，因为，爱是不能迟到！

当时已是傍晚时分，配送师傅们忙碌一天，气喘吁吁地回来了，还没来得

天津才华站,左起为配送员王长贵、何建伟,站长陈世刚,配送员梁玉柱

及喝口水,陈世刚站长马上催促兄弟们,赶紧开他的车给老人送货去,他说得毫不犹豫,他想的是怕老人今天这个特殊日子里收不到年货,却没想过爱人刚打来电话,让他下班后回家早点吃饭。站里的何建伟师傅、王长贵师傅、梁玉柱师傅赶紧放下手中的活,把生鲜水果放到车上,开启了送爱的旅程,他们此时此刻忘记了一天有多疲惫,道路虽然遥远,但每一个师傅都挂着笑容,他们知道此次满载着爱的行程,代表了所有的配送兄弟。开车一个多小时,他们终于把爱的礼物送到了老人身边,老人笑了,配送员们也笑了!

也许配送师傅们不知道自己做的是一件多么有爱的传递,也许陈世刚站长也不知道自己做了一个多么有温度的决定,而这一切都伴着老人的笑容和那句淡淡的"小伙子们辛苦了!"融化了。

在送递的过程中,有这样的一个小细节,站长用笔把每个生鲜都备注好。当配送师傅们为老人逐一解读生鲜里都有什么的时候爷爷笑了,笑得很温暖。

此时万家灯火,都在庆祝新年的到来。这一刻,仿佛养老院的灯光都温暖了起来,呼应着大家脸上的笑容,爷爷已经说话不太清楚。旁边的老人说:"快递不都放假了吗?你们是哪家快递啊?"只听见洪亮的一声:"我们是京东快递。"

配送师傅们让老人签收了快递以后,他们齐声说:"爷爷,新年快乐!""谢谢你们了!"老人的声音,包裹着灯光烘托下慈祥的面容,温暖所有人的心!

三个年关的坚守——西安耿镇站董旬

从古至今，春节期间，家人团聚在一起过年、吃年夜饭是我们中华民族的传统习俗，而且中国人对过年重视度极高，每逢春节，全国各地便洋溢着浓厚的年味。在外打工的人不管有钱没钱，都会回家过年，目的就是大家能在一起唠唠家常，开开心心过个年。

西安耿镇站负责人董旬在京东工作已经是第三个年头了，从最直接接触客户的配送员，到一个站点的负责人，"客户为先"的价值观已经深烙他的心中。京东"春节不打烊"的行动正是最好践行这一价值观的缩影。

董旬认为：我们为守护好自己的企业就应当具有舍"小家"为"大家"的敬业精神，坚守着自己的工作岗位，为了"大家"的团聚，贡献自己的"小家"也是值得的。只有成就大家、成就员工、成就客户，最终才能成就自己，而他一直以来也都是这么做的。

2015年春节，还是配送员的董旬坚守岗位4天，独自配送平时5个人的区域，他虽然觉得比平时更忙更累，却也更有成就感。

2017年春节，董旬作为西安耿镇站的负责人，因为没有站长助理，而耿镇站距市内较偏远，他便毫不犹豫地提报7天全部值班，除了管理站点日常事务，外出协助送货，还要跟进西安北终端每天最重要的京准达订单配送情况。而他也享受了子女团聚补贴，于1月25日把父母、妻子和孩子接到西安。那一天，他心里别提有多高兴了，他第一时间就让家人参观自己所管理的站点："咱们站点背靠京东西北大后方——西安分拣中心……"当他介绍站点情况时如数家珍，满脸骄傲和喜悦！而家人也感受到了董旬的热情，一直满脸欣喜和满意。虽然是数九寒天，但是这一家人却感受到了暖冬浓情！

情人节来一场爱的传递——秦皇岛抚宁站王延宁

2017年2月13日晚上9点多，刚刚下班的秦皇岛抚宁站站长王延宁，接到了客服打来的电话。大概内容是一个客户为妻子买了一份情人节礼物，因为分拣错误发到了山东济南。因为两口子正在闹小矛盾，妻子现在在娘家小住。

客户想给妻子一个惊喜，表达一下爱意。但是因为这个失误，导致礼物在 14 日情人节当天无法送达了，他想让站点帮忙在当地购买一束鲜花送给客户的妻子。

第二天正好是 14 日情人节，王延宁为了买到客户需要的 11 朵玫瑰花，又不想在节日期间多花钱，跑遍了县城所有的花店，终天在一家新开的花店买到了一束合适的鲜花。

联系客户后发现客户提供的地址是他妻子的姐姐家，在和女士沟通后，觉得这样一份特殊的礼物不适合其他人代收，因此决定送到女士所在的农村。这个地址正好是配送员常飞配送的区域，为了让客户早点收到礼物，常飞把鲜花小心地放在面包车上，优先给客户送了过去。

当客户收到这束鲜花的时候，脸上绽放出了比花朵更美丽的笑容。

一场关于爱的传递圆满完成！

"双 11"迎来的新生——锦州精锐站薛宇

他叫薛宇，是东北区的一名普通配送员，是万千京东人中的一抹红。2015 年 10 月 8 日入职京东，现在主要负责锦州精锐站的日常配送工作。2016 年的"双 11"是他经历的第二个"双 11"，然而 2016 年 11 月 11 日在他的生命中是极其特别的一天，可以说是非凡的日子。当天上午 10 点 9 分他迎来了可爱的小生命，生活中最重要的时刻，从此刻开始他可以骄傲地告诉全世界他成了爸爸，在以后的人生中父亲这个称谓是多么令人兴奋的事情。

本应该在医院陪伴在妻子身边聆听宝贝的第一声啼哭，却因为坚守着客户为先的第一原则，看到站内的批量货物他选择了坚守。

大促的这几天，夜间送货也是成了常态。晚上 22 点，他依然在站内进行货物的分拣，装车，那脸上洋溢的笑脸，无疑是发自内心的喜悦，小生命的来临是他的动力之源。微笑的服务，即使在夜间的配送也不会打折。送货上门依旧单单上楼，他常常站在客户的角度去思考问题，如何将极致的服务发挥到极致，从而满足更好的客户体验。

11 月 11 日，他迎来了最爱的小生命，为家人更加努力地工作，为客户带来更好的感受，正如公司的那句愿景"让生活变得简单快乐"。薛宇，是穿梭

薛宇

于城市之中最平凡的那一抹京东红，却红遍都市的每个角落。

终于找到了妈妈——南京建邺站程村洋

程村洋，南京建邺站配送员，2015 年入职，经历过 2 次"618"，已经是一个经验相当丰富的配送员了。

2016 年 8 月 26 日早晨 8 点多，程村洋像往常一样来到某小区送货，电梯门一打开，一个三四岁的小女孩哭着看着他："叔叔，我找不到妈妈了！"小程说，自己家里也有个女儿，看着孩子哭就心软了。程村洋仔细地打量了一番孩子，发现孩子穿着睡衣，光着脚丫，小程心疼得抱起孩子，经过安抚加上孩子感觉有了依靠，很快小女孩就不哭了。经过仔细询问，孩子说自己 3 岁，说了姓名之后再也没有其他线索！小程想，孩子既然穿着睡衣出现在电梯里，肯定是本小区的住户，很可能就是本栋楼的，可是这栋楼十几层，也不好找。小程带着孩子来到一楼，敲开了一楼住户的门。一楼是一对老夫妻带着他们的小孙女在家，看了小女孩后，表示不认识，也没见过。小程想，如果哪家丢了孩子，应该很快会出来寻找，于是在征得老夫妻同意后，小程带着孩子在他们家里等待。一会儿还不见有人来找，小程见小女孩跟老夫妻的小孙女玩得很好，跟他们嘱咐了一番，果断去找物业了。物业来到一楼住户家，经过仔细观察与询问，也都不认识这个小女孩，没有问出其他线索。

本以为很快就能将孩子送回家，可以当时的状况来看，这件事一时半会儿处理不完，考虑到京东送货必须保证时效性，程村洋打电话向站点求助。站长表示，先报警，自己马上赶过来看着孩子，让小程去送货。

小程报警后警察很快到了，同样也没问出有价值的线索，他们打算挨家挨户敲门去问。这时站长赶到，帮忙一起处理此事，让小程赶紧去送货。小程出来刚坐上车准备出发，就看见一女子神色慌张地过来，于是立刻问是不是找孩子的。在得到肯定答复后带她去了孩子所在的一楼。经过警察核实，这正是孩子的妈妈！原来早晨孩子在睡觉，妈妈想出去买个东西就回来，没想到刚走孩子就醒了，出来找妈妈。

看到孩子找到了家人，程村洋终于安心地去送货了，警察、一楼住户、孩子妈妈、物业都给予了程村洋很高的评价！站长佘小磊也对程村洋给予了很高的评价，小程平时特别老实，性格内向，但是脾气特别好，也非常节俭！平时没事都不要求休息，别的同事休息了，他帮忙代送别人的货，不管是大货还是路远，从来没有抱怨过，不管给他安排什么活，从不推辞，执行力特别好！他所服务的客户对他的评价也都很高！

原来小程热心也不是头一次了，还记得有一次也是这个小区，送货上门联系客户，客户表示家里没人约定了别的收货时间。此时客户对门的邻居说，客户家不知道什么东西烧了，一股烧焖的味道，小程仔细闻了闻确实是，赶紧联系了客户，客户第一时间联系家人赶回来处理。

小程说，我都跟客户保持很好的关系，看到客户开开心心地收到货，我也会很开心！

"孝顺"的配送小哥——安达牛街站高凯

2016 年 10 月 12 日上午，安达牛街站配送员高凯为小区一位客户配送货物，电话联系时客户说不在家，让爱人在家代收一下。

高凯来到客户家里，正赶上家里有老人身体不舒服，客户的爱人正心急，要带老人出去看病，高凯对客户的爱人说，我来背大娘吧，不能耽误。高凯背起老人从六楼往下走，老人可能饮食不合适，加上身体不舒服，突然呕吐，吐了高凯一身，客户爱人和老人非常过意不去，高凯连连摆手说："不碍事，没事的。"下楼以后，高凯为客户爱人和老人拦了一辆出租车，把两人都送上车，高凯才放心，继续一天的工作。

事后，客服发邮件表示感谢，同事们问高凯的想法，高凯说，当时没多想，父母老人就得多关照，不过是举手之劳。这就是高凯，年轻、朴实，对工作认真，对客户热心。

面单上的留言——沈阳红兴站刘帅

一天，沈阳红兴站配送员刘帅到达客户预留的地址附近，按照惯例给客户打电话，在查看订单上的电话时，刘帅意外发现客户的面单留言说自己有特殊情况，送货前要求短信联系。刘帅便按照顾客的要求，给顾客发了短信，通过顾客短信的描述，刘帅见到了顾客。再后来，刘帅通过短信邀请顾客上车，找到顾客的具体地址，这样下次顾客再下单的时候，他就可以直接给顾客送到家里，顾客不用再站着等，这一切都是因为，这位顾客是个聋哑人！

晚上回到站点，刘帅说起此事，大伙问他怎么知道的，他说："就是看到顾客以后，他没有跟我讲话，只是用手给我比画着什么，我就猜出来了，就接着用短信跟他聊，人都有同情心，在别人需要帮助的时候，伸伸手，帮一把，也不损失什么。"刘帅还特别嘱咐他休息时跑他片区的兄弟，如果下次这个客户再订货，最好能把货直接送到他家里。

高凯 　　　　　　　　　　　刘帅

就算休息，也要为您服务——南京秦淮站李金非

南京秦淮站配送员李金非特别爱笑，笑的时候总是露出牙齿，被站点的兄弟亲切地称为"牙哥"。

一个周末，牙哥休息在家陪伴孩子，突然，他接到了客户冯阿姨的电话："小李啊，我买了点东西搬不动，你能过来帮我搬一下吗？"尽管牙哥家和冯阿姨家相距很远，但牙哥让孩子在家写作业，二话不说骑了半小时电瓶车就去帮阿姨把东西搬上楼。事后阿姨硬塞了一袋苹果给牙哥，牙哥拒绝无效后把阿姨的心意带回了站点，于是，南京秦淮站的兄弟们都吃到了冯阿姨送的苹果。

这不过是牙哥工作生活中的一件小事，却体现了他助人为乐的精神，让人敬佩。

乐于助人好青年——上海锦屏站束云鹏、葛朋朋

2016 年 11 月的一天，上海锦屏站来了一位老奶奶，助理束云鹏热情地接待了她，询问她是不是有什么需要帮忙的，老人家拿着不在身边的女儿买的手机，她说手机坏了，不知道怎么弄，助理拿起了老人家的手机也是好半天才帮忙弄好，束云鹏的热心让他和这位老人家结下了一段好人缘。

12 月的一天，老奶奶再次来到锦屏站求助，找到了帮助过她的束云朋，让他帮忙把家里的两个家具从 3 楼弄下来，并告诉束云鹏家具特别重，助理之前受到过京东帮文化的熏陶，热情地答应了老人家，叫上了自己的好朋友——站点的另一个助理葛朋朋，两个人费了九牛二虎之力终于把东西从 3 楼上都搬了下来，这时候老人家不好意思地说："能不能再帮我一下，把这个东西送到我的新住地去啊，我给你们钱。"两位年轻可爱的助理合计了一下，本来就是来帮忙的，不能收钱也不能半途而废了，于是他们答应了老人家。两个人拖起了站点的小推车，开始踏上了这段不同寻常的送货征途。中途，因为家具实在太重了，体积又大，中间倒了好几次，助理又怕把老人的家具弄坏了，只能一个人拉车一个人扶着家具缓慢前进，等他们把家具送到老人家里再回来的时候，浑身都已经被汗湿透了。

第二天，老人特意带了礼物来到了站点感谢我们这两位可爱的助理，并连连夸赞："京东文化熏陶得好，又为社会培养了两位助人为乐的好年轻人！"

小哥，就是承诺

摆平"挑剔客户"——丹东元宝站刘庆军

丹东市元宝站配送员刘庆军是一个朴素老实的人，自从 2014 年 6 月入职以来，就一直勤勤恳恳地工作，他话不多，但是踏实肯干。今天讲的就是他和一位特殊客户的故事。全站点都知道这位特殊的顾客是京东的忠实客户，单量挺多，不过，给这位客户送货的配送员都知道，他说得最多的话就是："今天我收不了货，明天再来吧""今天有事，明天再说""我在公司，不在家，你给我送过来吧""我看货到站点了，我现在就想要，着急，你必须得先给我送"……

对于这样令人头疼的客户，可急坏了元宝站的站长杜冬生，配送员换了一个又一个，就是搞不定这个客户。直到换了刘庆军，从 2016 年初直到 2017 年，一直都没再换过人了。

整整一年了，客户的挑剔越来越少，刘庆军的委屈也越来越少。直到 1 月 9 日这一天，就在客户连续拖了好几天不收货，却还是要求跨越近乎整个丹东市进行配送的时候，刘庆军仍然任劳任怨地自驾车跨了好几个站点的配送区域，把这个货送到了客户手中。

这一举动是击中"挑剔客户"内心的最后一道闪电，对方当机立断决定要向客服表扬这个配送员，"有时候我都受不了我自己，太作太事儿，可是他（刘庆军）能受得了，还坚持了这么久，京东人真不错！"

| 刘庆军 | 石爽 | 周鑫 |

元宝站站长很感慨地说："庆军真的是一个任劳任怨的人，交代的事情就去做，做了就要把它做到底。其实在京东，你不用有多大的成就和辉煌，只要用一颗心暖了一个人，我觉得这就够了。"

"我的诚信不止值 20 万"——哈尔滨道外站魏巍

20 万对快递小哥们来说意味着什么？

意味着 2000 多个起早贪黑辛苦奔波的日子；意味着需要递送 10 余万个订单；意味着老家买一套房子；意味着一辆不错的车……但是在魏巍心里，这遗失的 20 万，不是房子不是车，只是一份物归原主的责任，更是京东的正道自觉。

遥远的冰城哈尔滨，傍晚 5 点，街道就已笼罩在漆漆黑幕之中，道外站配送员魏巍依然奔波在送货的路上。

虽然有点累，但完成了 100 多单配送，魏巍心里还是美滋滋的。正想着，到了下一位客户的地址——宝宇天邑小区。

魏巍把配送车停在路边，准备取货，刚巧看到车旁的路边丢着一个包装袋。环顾四周一个人都没有，捡起来一掂还挺沉，仔细一摸——这里面该不会是钞票吧？数量不少，金额肯定相当大！这么多钱，丢钱的人肯定急坏了。

魏巍没有任何犹豫，第一时间联系了小区的物业工作人员，在工作人员的帮助下很快找到了失主，一直到亲手把包装袋交到失主的手上，魏巍悬着的心才踏实下来，然后得知里面是 20 万元的现金。

如果把 20 万作为一次"诚信"的考验，对于魏巍来说显得太容易了，因为物归原主在京东人的价值观里只是件"应该做的事"。所以魏巍"理所当然"地谢绝了失主 1 万元的酬金，当失主送来锦旗时也是一副受宠若惊的表情，仅仅收下失主发自内心的"谢谢"

然而，魏巍心里也会藏着一点小骄傲——"我的诚信可不止值 20 万"——这也是属于 10 万多京东小哥的骄傲。

拾金不昧——连云港海州站石爽

2016 年 10 月 20 日，一位年轻的女士推开了海州站的大门，手里拿着一个包裹好的直筒环顾四周后问道："请问石爽在吗，我是特地来感谢他的。"说着便把手里的直筒打开，那是一面锦旗，上面写着"拾金不昧，品德高尚"。

不一会儿，石师傅回到站点，经站长了解才知道，2016 年 10 月 20 日，石师傅在阜新兴隆大家庭送货的过程中捡到一个男士皮包，当时石师傅询问周围人员都不是失主，于是他又联系了商场广播人员进行广播，石师傅几经等待也无人返回寻找，最后他向辖区派出所求助，派出所让石师傅先保存好皮包。

石师傅正在送货的时候，派出所打来电话，表示已经联系到失主，石师傅立刻赶往派出所，当面把钱包交还给了失主，失主说：钱包里现金不多，但证件和其他物品比较重要，发票和票据就有 2 万元，还有爱人的一个 3000 余元的戒指。失主当时拿出 200 元现金作为酬谢，被石师傅当场拒绝了。

就这样，石师傅又匆匆忙忙去送货了。失主说："当时没能给您好好道谢，如今到贵单位，送上锦旗和由衷的感谢，我也是京东的忠实客户，京东员工如此高尚的品德让我更加肯定了京东。"憨厚地石师傅略带羞涩地说了一句话："我只是做了一件自己应该做的事，您别太客气。"

万元钱包毫不动心——佳木斯永红站周鑫

2016 年 9 月 15 日这一天阳光明媚，万里无云，配送员周鑫像往日一样开始了一天的配送工作。当送到某个小区的时候，他看到了地上有一个黑乎乎的东西，他当时也不清楚是什么东西，便带着一颗好奇心凑过去看了看，这一看才发现那是个普拉达钱包，价值不菲。周鑫当时想了想，觉得丢了钱包的人一定很着急，于是他立刻将钱包送到了附近的派出所，派出所同志打开钱包，发现里面装有大量的现金，总价值12000多元。此时周鑫对警察同志说："东西丢了，失主肯定很着急的，我们捡了要及时上交，送还人家。"

面对金钱，周鑫表现得很坦然。虽然他的家庭并不富裕，生活负担比较重，但当民警提出要他留下联系方式时，他说不用了，他还要赶紧送货呢，他拾金不昧不需要别人的感谢。周鑫在做好一个尽责的京东员工的同时，更履行好了对社会的这份责任。

成功归还 3 部手机—西安医学院含光校区野缠锋

西安医学院含光校区京东派配送员野缠锋于 2016 年 7 月底在陕西省地震局门口马路边捡到一部三星手机，野缠锋捡到手机后，第一反应便是："失主现在一定很着急吧。"他想联系失主家人，但是这个手机当时已经处于关机状态。随后他站在原地一直等着失主，等了将近半小时左右，也没有人来领取手机。这时因为他还有未送完的包裹，所以他只能先给其他客户送货了。

下班后他把手机带回家，充好电开机，一直等着失主的来电，晚上 10 点多，失主终于用他家人的手机打来了电话。野缠锋问清楚失主上班地址后，保证于第二天一定送到失主面前，就这样，失主半信半疑地挂断了电话。

第二天，当失主拿到丢失的手机以后，对野缠锋再三感谢，提出请吃饭、送礼现金 300 元等答谢方式，但野缠锋全都拒绝了，并表示作为一名京东的配

野缠锋

送员，这是最基本的价值观。回到站点后，野缠锋也没有把这件拾金不昧的事情告诉任何人。

直到后来这位失主李先生前来站点送上感谢信，站点才了解到这件事情。失主一再表示这部手机是单位配发的手机，里面有很多重要信息，如丢失将会很麻烦，失主因为一直很忙，最近才有空表示感谢。

据野缠锋之前的同事介绍，算上这部手机，从野缠锋开始干京东配送员到现在，这已经是他捡到并成功归还的第三部手机了。

诚信的等候——青海共和站姚春贵

青海共和站配送员姚春贵在 4 月 11 日配送过程中，在共和县青海湖小区给客户马长信先生送货时，马先生不慎将手提包落在配送员车里，包里有马先生的身份证、驾驶证、三张银行卡、手机以及现金 1800 元。当时客户着急要坐朋友的车去西宁，配送员发现后立即给客户打电话，可惜客户手机在包里响，配送员于是打电话给站点负责人，两人商量后由配送员等候客户，站点负责人进行货物配送。

3 小时后马先生从湟源返回，配送员让马先生查看包里所有物品是否齐全，确认后将包交给马先生，几天后，马先生出差回来，送来锦旗表示感谢，并说以后购物就选京东，就冲着京东有如此品德高尚的配送员。现在姚春贵已

姚春贵

经成为青海片区湟源站的站长。

像对待客户一般温暖——扬州梅岭站胡滨

这天，扬州梅岭站的配送员胡滨像往常一样开始了一天的配送工作，在配送途中，他意外地捡到一部苹果 6S 手机。胡师傅并没有因为这部高价值的手机而动心，他第一时间找到失主，主动归还手机，而且没有留下自己的姓名，默默地做了这件拾金不昧却不留名的好事。

这位失主并不是我们京东的客户，但是胡师傅身上的那抹京东红客户一定记得住。

马不停蹄的关怀——嘉兴新云站谢兴涛

2016 年 1 月 26 日，嘉兴新云站老配送员谢兴涛中午送完货后，回到站点整理钱包时发现多出了 300 元现金。为了尽快找到顾客，站点立即打电话，一个个联系上午他配送过的客户，在大家一致努力下，终于找到现金的主人。通过对话，得知对方急着用钱。于是，谢师傅顾不上喝一口水，便马不停蹄地赶到顾客所在地点，把 300 元现金亲手交给客户，对方紧紧握住了老谢的手表示感谢，并主动要和他拍照留念。事后，客户再次致电站点表达谢意。

新兵的榜样——杭州文海站常俊刚

2015 年 12 月刚入职杭州文海站的常俊刚是一个憨厚老实的人，干活不错，也很乐于助人。2016 年 7 月 27 日上午 10 点左右，常俊刚像往常一样去送货。当他途经中沙金座 3 幢楼下的时候，地上一个钱包赫然映入眼帘。"我捡起来看了下，钱包还挺新的，里面还有 1000 多元现金和购物卡，我心想丢了钱包的人现在一定非常着急，就在原地等失主来领。"常俊刚这样说道。

38℃的高温下，常俊刚等了一会儿，不见有人回来找钱包。"当时我的货比较多，就想着先把货送完了，再把钱包交到派出所去。"常俊刚送完了货回到站点，把情况和站长胡纪春说明了，就要往派出所去。胡纪春说不急，咱自己先找找线索。最后，他们根据钱包里的购物卡，通过超市查到失主的号码，顺利将钱包还给了失主。常俊刚这种拾金不昧的举动得到了失主的赞扬和肯定，也给其他配送员们树立了好的榜样。

举手之劳不言谢——上海九亭站唐清兵

2016 年 6 月 28 日送货途中，京东配送员唐清兵途经一小区时，发现一个手提包被遗落在地上，打开后他发现里面有现金 400 余元、手机、银行卡、身份证、医保卡等。为避免失主着急，配送员立刻通过失主手机联系到其家人。

当天配送员在大雨中等了半个多小时，物归原主的那刻，失主家人非常感动，表示要对配送员进行酬谢，配送员当时婉拒了失主家人的好意，并表示"这种事情放在谁身上都一样，都会给你送回来的，我也是举手之劳，不用感谢！"

事后，失主家人通过其他方式找到站点，并送来了一面锦旗，感谢道："像唐清兵这样的好人，你们一定要好好表扬一下。总有人抱怨这个社会缺乏诚信，他却用实际行动弘扬了社会正气，希望这种正能量能得到鼓励和传递。"

寒风中的等待——上海南湖职业学校刘才亮

上海南湖职业学校京东派配送员刘才良，在 2016 年 12 月 30 日晚上下班途中捡到一个皮包，他打开一看里面有大量现金、高档笔记本电脑、手机、一些重要证件和大量银行卡。作为一名优秀京东人，想到的不是把这突如其来的财物归为己有，而是想到失主丢了这么多财物该有多么着急，所以他第一时间选择了报警。

刘才良在寒风中等待失主和警察的到来，当时上海的夜晚发布大风蓝色预警，气温 2℃—3℃，在这样恶劣环境下等了将近 30 分钟警察才到，又等待了十几分钟失主终于找了回来。警察核实了失主身份和财物，并将皮包交还给了失主。警察同志表示，现在这种面对捡到大量现金和贵重物品可以及时报警的人不多了，这种精神是值得表扬学习的！失主当即拿出千元现金表示感谢，被刘师傅婉言谢绝！失主表示她是一名大学老师，包里有很多重要的证件和资料，当看到刘师傅穿着京东工服说，京东的员工太伟大了，一定要写表扬信给京东总部，今后还要一如既往地支持京东！

小哥，就是该出手时就出手

除了每天辛苦地配送货品，京东小哥们有时候常会遇到一些意外的紧急状况，而这个时候，他们往往会挺身而出，因为他们一个个都是真心英雄。

危险时刻，尽显机智——抚顺将军站刘冰

刘冰

9月23日上午9点半左右，沈阳抚顺将军站配送员刘冰在客户打开门收货的时候闻到了刺鼻的煤气味，就问了一下客户"咱们这怎么有一股煤气味"，此时客户也发现确实有一股味道，刘冰觉得可能会有危险存在，就四处看了一下，最终找到了煤气味的来源，那是也住在一楼的另一户人家厨房散发出来的。

刘冰从客户那儿了解到，那个家里长年躺着一个老奶奶，活动不便。刘冰得知情况后，立刻把煤气泄漏的那个厨房的窗户打开，保持通风状态，然后他第一时间与站点取得联系，站点建议刘冰报警处理。

刘冰报警后，附近的巡警5分钟到达现场，打破窗户外面的护栏进去关掉了煤气阀。之后警察联系了老奶奶的家属，直到联系到老奶奶的家属后，刘冰才默默离开继续自己的配送工作。而他的这个举动，也许拯救了老奶奶的生命！

徒手擒拿大蛇，主动保护客户——汉中洋县站刘波、郭辉

刘波与郭辉

陕南片区汉中洋县站配送员刘波与郭辉在一次配送时，来到了陕西汉中市洋县龙亭镇堰坝村客户家中，客户开门后，屋檐下忽然窜出一条大蛇，客户惊吓后，迅速躲到房屋内。配送员郭辉是退伍军人，示意让客户把门关上，防止大蛇钻到屋子里。客户关门后，郭辉迅速上前一脚将蛇头踩住，刘波则将蛇尾巴抓住，保护了客户不受大蛇伤害。

为了安全放生，客户给郭辉和刘波提供了一个编织袋，两人合力将蛇装入编织袋。之后顺利将订单配送成功，此举得到客户及附近村民交口称赞，直夸京东配送员文武双全！最后配送员驱车到河堤放生了大蛇，也让大蛇能够重归自然。

京东的 Superman——湖北潜江站陈国华

2015 年 12 月 17 日，黄昏，潜江站，

配送员陈国华如往常无数个日子一般，送完货回到站点，整理面单，清理

陈国华

货款，想到儿子刚领回家的准儿媳妇儿，满意得很，心里乐开了花。

"嘭……"突然，陈师傅听到马路上一声巨响，正在整理面单的他赶紧放下手中事情，跑了出去，一出站点，他便看到在站点前面的紫月路上，一辆满载化肥的卡车前轮自爆并引发自燃，化肥属于化学物质，可助燃，引起爆炸，致有毒物质产生。

陈师傅看到司机还在车上，来不及细想，便赶紧抄起站点灭火器冲上前去"快，快出来，太危险啦！"陈师傅一边朝愣住了的司机大吼，一边熟练地拔出灭火器保险销，等司机出来的同时，他对准卡车前轮火源，毫不犹豫地按下手把，开始灭火。没一会儿，火势渐弱，但产生了大量的浓烟，陈师傅手里的灭火器也快用完了，火并没有完全扑灭，且有变大的趋势。这时司机和围观的居民发现浓烟笼罩下快看不清陈师傅身影了，便觉不妙。"这不行，快，赶紧打119，兄弟，快出来，这烟有毒，火势又要变大了，赶紧出来，消防队马上来了！"司机边拨打119电话边让陈师傅赶紧出来，车、货都不打紧，可不能害了这位老大哥啊。

陈师傅眼看灭火器用完了，没辙，只好跑离卡车，让居民都离远些，等待消防车解决。回头看到那名年纪轻轻的司机有些狼狈，还有点后怕得直哆嗦，拍拍他的肩膀安慰道："小伙子，没事儿，人没事儿吧，人没事就好！以后开车多注意！""大哥，谢谢，谢谢，要不您叫我出来，我怕是就出不来了……"机有些颤抖地朝陈师傅鞠躬感谢。

　　陈师傅虽然没有像 superman 一样扑灭大火，可是在危险突现的那一刹那，他没有犹豫，丝毫没有想到自己安危，第一时间逆行而上，救人救火，那身鲜红的工装，即便夜幕降临、浓烟笼罩下，也依旧闪亮发光，他就是我们京东的 superman！

在浓烟中闪耀的红色光芒——湖北汉口站

湖北汉口站的工作人员

　　2016 年 1 月 9 日，细雨连绵，寒风冷冽，下午 1 点半，配送员送完货陆续回到站点，进门边搓手取暖边对助理阮征说："征啊，今天真冷啊！不过，那对面一楼是又在焚烧建筑垃圾吗？那居委会不是说过好多回不让他们烧的么，真是，这天干气燥的，多危险啊。""是撒，赶紧进来去用热水洗洗手，别手再冻着。"阮征说着边把配送员往洗手池那推边向对面望去，外面风吹过，只见那火苗有变大趋势。那一刻，阮征心想不好，这势头可不像是焚烧垃圾啊。

　　"站长，我去对面看看那到底烧的什么，越烧越旺啊。"说完，阮征便抄起站点一灭火器，跑向对面居民楼，随着北风呼啸，黄博站长看着火势越来越大便赶紧拿起手机拨打 119，扭头对站点配送兄弟说："赶紧的，对面火势涨起来了，站点灭火器都拿上，跟在阮征后面，兄弟们注意安全。"眼看着对面老旧居民楼浓烟四起，居民也都纷纷跑下楼来，远离火灾现场，一袭红色工装的配送兄弟们提着灭火器向着火源逆行奔跑，背影坚定，无所畏惧。风雨中，5 名勇敢的配送兄弟，直到消防车到来，直到手里的灭火器用干，都不曾停下灭火，一直在努力地控制火势，防止扩大。

灭火保财产——宜昌五峰站万志华

万志华

宜昌五峰站万志华在送货途中经过路边小巷，闻到一股烧焦的胶臭味，他很快发现两间民房中间的小巷有一股浓烟冒出，万志华赶紧停车查看，发现里面堆放的杂物帐篷已经起火，若火势蔓延下去，后果不堪设想。

万志华赶紧拿起旁边的水桶接水将火扑灭，后来经房主介绍，原来是房主上午在外面烤红薯，身体不适收摊回家，火炉未完全熄灭就和杂物帐篷放在一起，以至于杂物慢慢起火，还好万志华发现及时进行扑救，否则后果肯定非常严重。

爬窗灭火只为安全第一——扬州梅岭站刘伟

这天，扬州梅岭站隔壁的居民楼一楼传出阵阵浓烟，并伴随着一股浓重的煤气味。站点配送员刘伟发现情况后，第一时间敲响了邻居家的门，但家里无人应答。

刘师傅于是四处查看，这时候，他透过窗户发现邻居家的厨房正烧着菜，菜已经烧焦了，冒着浓烟煤气也没有关。再这样继续烧下去，很可能着火。邻居出门，家里无人。情急之下，刘师傅不得不从窗户爬进邻居家中，帮邻居家关了煤气。

刘师傅的行为避免了家中着火的危险，事后邻居知道后十分感谢他。

就像家人一样——北京海淀站梁超自述

2015 年 10 月份我入职京东，开始承接教师家属区的配送工作，因为家属区都是老楼，没有电梯，所以每天做得最多的就是带着货爬楼。

第一次见到老太太是我给她配送包裹。那次打电话没人接，发短信也没回复。等我把货物快要送完时候接到了她回的电话表示尽快回来，我答应等她回来。等了有 20 分钟吧，终于回来了。老人很客气，连声说抱歉。我心想：有文化有素质的人就是不一样。微笑着说："客气了。"但是发现她出汗了，奇怪的是当时已经是 11 月份了，北京的天已经变凉了。我说出心中的疑虑，可能她感觉出了我的担心，我们便聊了起来。得知老人身体不好，以前是一名老师，包裹是她干女儿为她订购的。

后来她干女儿又为她订过几次日常用品，每次送货，老人都非常和蔼谦逊，沟通的时候感觉她有不同又说不清楚的气场，送货时总是不自觉愿意多和她聊几句，慢慢地熟悉了，话也就多了。老人已经身患肠癌 30 多年，没有结婚，除了一个干女儿，没有其他亲人了，她年轻时候在旁边大学从事教育工作，不少学生都很有出息，其中一个跟她关系最好的，成为她的干女儿。干女儿已经成家，在昌平居住，经常过来探望，后来怀孕回家生孩子，不太方便过来，所以干女儿就经常在京东为老人购买所需用品。

老人肠癌多年，只能用假肛，要换假肛，肚子上有大窟窿，每次更换假肛

梁超在客户家一起吃饭

都要 4 个小时不能有大动作，很难想象这么多年她经历过什么，但是外人只能看得到她的谦逊和那份超然的豁达。

她爱喝红酒，注重穿着，退休老师的品位高，平时要求也高，之前商品都是干女儿下单，需要啥买啥，可是她说这样没有选择权，于是我帮她注册京东账号，教她如何区分自营商品和第三方商品，以及京东的到货规律和售后流程。也不知道从什么时候开始，在这片配送区域内又多了一份牵挂。

干女儿生孩子不能陪伴照顾老人，我每天送货下班也晚，也照顾不了太多，但是老人很要强，爱干净，于是我就帮忙找了一个大姐定时帮忙清理家里卫生，这样我也能放心工作。

由于我的工作是骑三轮车在小区附近配送包裹，所以换水桶、买菜等日常事情处理起来都是很方便的，我们经常一起吃饭、聊天，前两天我做了油焖大虾特意给她送过去，在吃饭的时候聊起了我们认识的经过，她说这就是缘分。

对于生死，她看得更是极淡的。现在她年近70，除干女儿之外没有其他亲属，医院都不敢收。提及这事的时候，她微笑着说："哪天有事了，我会给你打电话，因为别人都来不及见了。"

时间越久，我对她了解得越多，也越来越尊敬，通过她的双眼，我有幸看到了她眼中美丽的世界。她那份对生活的热爱，对生命的执着，激励着我坦然面对困难，快乐地生活。

作好一名乡村带车司机——承德兴隆站刘凤文自述

我是一名乡村带车司机，每天的工作就是往返于乡镇的各个村落，把京东商城的货品及时地送到每位消费者手上。

在我生活的这个小县城，众多的快递派送范围只限城区。京东兴隆站点刚开通乡镇派送时，每个带车司机的派送范围都很大，我所负责的区域每天只有 30 单左右，我就每天边送货边宣传。由于乡镇各村组之间比较分散，平时买东西都要跑出去老远，村里大部分是空巢老人，年轻人都在外工作，会网购的人就特别少。我自己印好名片，告诉村里乡亲，在京东商城购买东西可以直接送到家，让在外工作的儿女们也知道在京东买东西能送到家，可以加我微信等方式，就这样每天坚持宣传。2 个月后，单量就增加到 60 单左右了。遇到不会网购的中老年人，我手把手地教他们怎么用微信购物，怎么下载京东客户端、注册账号及退换货流程等……村里的年轻人知道京东能送货到家后，纷纷通过我派发出去的名片加了我微信，我把这些老客户及潜在客户组建了个服务群，每天一有空就在群里回答客户的各种问题，一来二去，客户有货都会事先给我留言："我今天买了 ×××，明天到货后你给我送到家里，老人耳朵背，怕你联系不上""我家人有午睡的习惯，等到货后，麻烦你在 ××—×× 时间点送货。"……我每天都会收集好这些信息，等第二天到货后验收时心中就有谱了，可以快速合理安排配送。

有次给客户送货，车子在村口就进不去了，打听后知道客户家离村口还有一段距离，家中只有老人在家，我就一趟一趟地把货扛到老人家中。可能是家中很少有人，老人看到我就非常开心热情，非要和我拉家常，从老人口中知道这些东西都是在外工作的儿女给老人买的米面油之类的，儿女常年在外，一年之中也就过年那几天能见上面，平时想儿女了只能打打电话听听声音，看看照片琢磨着现在是胖了还是瘦了？我知道后连忙问了他女儿的电话，加了微信，让老人和女儿视频聊了会儿天。这事过后我也没在意，没想到事隔几天，客户张荣庭居然托朋友给我送来一面锦旗。客户问我："别的快递只能送到楼下，还要收件人自己下楼去取，你们不光送到乡镇，还送到家里；别人送到家里就完事，你不光送到家里，还陪着关怀老人，太感谢了！"我说："我也是农村的，也在外面打过工，知道各种不方便，也了解咱们做儿女的心情！放心吧，以后有什么事您就和我说！"客户非常感谢我，我很有成就感！

**小哥
之歌**

我们穿梭在城市的每一个街道
红色的身影留下了不一样的记号
不管别人眼中我们是贫穷或渺小
我都只想做到自己心中的最好

每一次相遇都感谢缘分的奇妙
热血和激情在我们胸腔里面燃烧
无论我手中的包裹是廉价或重要
我都只想看到你签收时的微笑

无论是拥挤的街头还是无人徘徊的巷口
我们无惧那高楼也忍得住孤独
没有说的理由也不会轻易就放手
走过下一个路口还有很远的路要走
走过下一个路口，还有一万公里的路要走

铿锵小妹
——盛开在车水马龙里的玫瑰

　　随着互联网的发展，网购已经成为人们日常生活中不可缺少的部分，自然也渐渐熟悉了身边的快递员。在这个男人占绝大多数的行业里，你见过女快递员吗？在京东小哥的队伍里，也有几位长发飘飘、笑容灿烂的快递小妹。她们是车水马龙的街道上千里挑一的铿锵玫瑰。她们和男性一样，承担用体力、汗水凝结的辛勤劳动，换来人们更多的尊重与敬佩。她们身上体现着女性独有的坚忍、执着，而她们柔弱的身子骨，撑起的往往是一个家。

山城唯一红衣女快递

重庆大坪站杨太珍

6 点钟，重庆淅淅沥沥的雨滴声正在温声细语地叫醒这个慵懒的城市。街道两旁昏暗的灯光照在湿漉漉的地面上，零星卖早点的小贩开始出现在路边。

在沙坪坝一个老楼区的出租屋内，44 岁的杨太珍被准时的闹钟叫醒。通常她会按掉第一声，在床上多赖 5 分钟。最近几天阴雨不断，温度骤降，能在温暖的被窝里多睡几分钟，对她来说"特别奢侈"，因为一旦睁开眼睛，一直到晚上 12 点，就再没有机会躺在床上休息。

5 分钟后，杨太珍从床上爬起来，从冰箱里拿出前一天的剩饭简单加热一下，叫醒同是快递员的丈夫曹昌全，两口子匆匆吃几口饭，洗漱后，便一同下楼，前往配送站开始了一天的忙碌。

5 年前，京东刚刚在重庆设立配送站，在江苏服装厂打工的曹昌全便返回重庆，成为第一批配送员。随后陪孩子回老家四川隆昌县读书的杨太珍也冒出去京东送快递的念头。

"快递员不愿意招女性，太辛苦，怕扛不下来。"曹昌全回忆。但迫于家庭经济压力，曹昌全三番几次和领导申请，"那会儿小孩子要上学，我们两家，有两个老人瘫在床上，哪里都需要钱。"

因为曹昌平平日老实肯干，领导破例批准杨太珍加入，就这样，杨太珍是靠着"绿色通道"成了京东重庆上千名快递员中唯一的女性，在京东的五年半时间里，杨太珍配送总里程达 127722 公里，相当于绕地球 3.19 圈。

杨太珍

　　像很多重庆人喜欢用摩托代步一样，身高 1.6 米的杨太珍每天骑着一辆男式大摩托车花 20 分钟跨区到 8 公里外的大坪配送站上班。在山城起伏的山路上，杨太珍急转、刹车，游刃有余。

　　最早到京东，杨太珍送货的工具就是这辆摩托车。"开始不会骑，没办法啊，得送货，一下午就逼着自己学会了。"杨太珍回忆。第二天，杨太珍就骑着摩托，载满一车快件，跌跌撞撞地上路了。"有时候快递摞在摩托后座上，我坐前面，从后面都看不到我。"

　　2013 年"双 11"之前，杨太珍的业绩一直排在分公司 14 个快递员中的前两位，每个月最多送 3000 多单。

　　但就在 2015 年"双 11"，杨太珍给马家堡一栋老居民楼的顾客送货，6 件水 144 斤，一个人提到 8 楼。"我爬到三楼就累得不行了，只能提一件送一层，再拿另外一件。当天晚上我就觉得腰疼，强忍着熬过了'双 11'。"

　　去医院检查，医生说是腰椎滑脱，杨太珍在大坪医院住了半月，花了近 8 万。这对不富裕的家庭来说个不小的创伤，但是杨太珍一出院，还是回到了送快递的岗位上，"像我这个年纪也不好找工作了，轻松的工作赚钱还少。"

　　腰伤之后，杨太珍换了骑起来相对舒适的三轮小货车送货。但还是念叨着摩托车好，"不堵车，这车慢，耽误事。"现在，杨太珍的配送区被划分出去一部分，工作量没有那么大，"也不敢那么拼了。"

　　7 点半到配送站，杨太珍拿出从家里带来的鹅爪鹅翅分给大家吃，话语间，最早的一批货到了。杨太珍用高分贝的嗓音和标准的四川口音，组织早上值班的 5 个年轻小伙子往屋里搬货。摞起来的四五个箱子高过她的头顶，她丝毫不含糊，大步流星。杨太珍也有女性细腻的一面，作为大坪配送站资格最老的员工，她会主动叮嘱新来的年轻人各种工作里的细枝末节：哪里的路不好走，哪条街不许停车。也正是这种细心，让杨太珍迄今为止还是整个站里承担损失最少的快递员，只赔偿过一部手机和一根数据线。

快件分拣完毕，杨太珍往自己的三轮货车上装货，这天上午，她要送 40 单快件，其中有 6 箱矿泉水和 3 箱打印纸，至少上百斤。

上午不到 9 点，已经有客户催她送件，"马上准备出发啦！"杨太珍大声回着电话。她一天至少要打上百个电话，电话费一个月要充 400 元，为了接电话方便，她一路塞着耳机。

重庆多山路，60 度的斜坡随处可见，杨太珍加大马力，一鼓作气冲上坡去，绝不含糊。

小区里不让进车，杨太珍打电话给客户下楼取件。等客户的时候她也没闲着，帮小区收发室的保安网购，"杨大姐，想买个微波炉给娃热饭，咋弄？"杨太珍走上前，拿着手机，叽里呱啦地讲解起来。

刚给保安手机上下了单，一个老年人从小区里走来，杨太珍锁上车，拿着快件，迎头疾步走去。

"老年人（腿脚）不方便，让他们少走几步。"杨太珍说。有时，她知道某家客户是老年人，就主动提出把货送上楼。杨太珍曾有一个"熟客"，是一位 80 多岁的老太太，独自住在 8 楼，风湿特别严重，家里的窗户都要用纸贴好。有时老人的子女会从网上买些生活必备品，杨太珍了解后，不仅把货送上门，还帮老人买蔬菜和水果，直到老人离世。

在这个区域送了 5 年多快递，从一开始不认识路急得团团乱转，到现在认识绝大部分客户，大家像熟人一样，有一个小伙子遛狗，看到杨太珍，便匆忙上前问，"大姐，这批有我的快件吗，我现在拿走？"

上午的最后一站是一个单位订的矿泉水和打印纸。杨太珍一口气将水和纸从车上搬下来，这一片的客户知道杨太珍做过腰部手术，都自己下来帮她往楼上提。快件送完，杨太珍跳上车，边打火边和其他快递公司的快递员调侃，"你们太慢喽。"

杨太珍的午饭通常在配送站对面的面馆里解决，一份三两的重庆小面。

"小孩子还在上大学嘛，再说我这面也够吃啦。"

作为四川人，杨太珍对麻辣食物情有独钟，上来一碗辣面，自己还再加点辣子。杨太珍的性格也绝不属于不温不火的那一类，率真耿直，脾气火辣倔强。"有时候客户让我晚上九十点钟送快递，能理解，有的客户特别客气，但是有些人，觉得我们半夜送快递就是应该的，特别理直气壮，动不动还给我们差评。哟，生气也得强忍着，但是我们送快递也是有尊严的，不是低人一等的，我们也是靠劳动挣钱。"

对于杨太珍来说，送快递虽然辛苦，但是也没想着放弃，"至少要等小孩子找到工作再说。"

吃完饭，杨太珍回到站里，天气热的时候，大家会躺在地上的塑料板上午睡一会儿。最近天气不好，大家就靠聊天打发时间，等下午的一批快件送来。

雨又淅淅沥沥地下起来，杨太珍不免发愁，比起酷暑天，她对雨天更担心。"有时候怕打湿了快件，有的客户看包裹被打湿了，不管里面坏没坏，都要退货，这种情况只能我们自己买单，好担心下雨。"

第二批快递送来，杨太珍清点了一下，有50多件，其中有十几台手机——杨太珍配送的区域包括重庆的手机一条街，最多的时候，她身上会背四五万的现金回来。

下午第一单快递，杨太珍就遇到了一个难缠的客户。打电话告知快递到了，但是对方要求等宝宝睡醒再敲门送上来，杨太珍解释，"后面还有好多货，其他客户也在等，你看不行等把货都送完再给你送来。"对方说，"宝宝一会儿就能睡醒，你稍等吧。"

这一等让杨太珍足足等了半个小时，"不能走啊，说让等就得等，公司倡导用户体验。"

与无止境等待一样耗时的还有开箱验货。

"小杨，你看这旗袍是不是太长，"一位开箱验货的大姐一边把衣服在身上比试，一边问道。

"可以穿个高跟鞋噻"。

"不行啦，这个我不要了，你直接拿回去退了。"

"好噻"，杨太珍一边微笑回应，一边把旗袍装袋子里。

在做快递员之前，杨太珍开过裁缝店，进过服装厂，"连着几天不能合眼，坐在那缝制衣服，真的看到有人累死。"送快递虽然没有那么辛苦，但是耐心很关键，"得忍得住脾气。"

在武汉大学读大三的儿子暑假回家，她带着儿子送快递，遇到重的货物，"他能搭把手往上提。"有一次，两箱水送到楼下，杨太珍给客户打电话，客户说送上来吧。老楼没有电梯，儿子抬着水上了八楼，敲门没人应，杨太珍楼下打电话和客户确认，客户又说，那就放物业吧。于是儿子又把水抬下来送到了物业。"这种事都很常见，就忍着呗，小孩子经历这种事以后，特别受教育。"

晚上杨太珍回配送站，一边等着最后一批快件，一边坐在塑料凳上，开始一笔笔核算今天的账单。核对三遍，发现多了80多块钱，杨太珍仔细回想，是手机一条街的小哥多给了钱，杨太珍找到电话号码拨回去，告知对方。"大家都不容易，钱少了那娃也得自己垫钱，他打工一个月也赚不了多少，搞不好还得被辞退。"

清点完新一批快件，杨太珍配送的区域只有一件，快递员小李主动帮杨太珍分担，让她少跑了一趟，可以早点回家。

回到出租屋，走廊里没有灯，杨太珍随身带个小手电筒照明。虽然屋子只有50多平米，但打扫得十分干净。通常杨太珍到家，曹昌全还没回来，"他一般要到10点多。"杨太珍一刻不停歇，到厨房煮饭做菜。

杨太珍说，现在的生活她很满足，老家房子的贷款快还完了，儿子也快毕业了，有一份维持生活的工作，挺好。

这样的日子，对杨太珍来说，是寻常日子，偶尔她也会遇上一些不寻常的日子。比如2016年的7月25日，那个夏天连续多天气温超过36℃，7月25日更是拉响了2016年夏天重庆第一个中暑预警，当天记录的地表最高温度达69.1℃。不过，杨太珍在京东重庆做配送员这些年，让她谙熟重庆天气的脾气，"这么热的天，不喝藿香正气液肯定就中暑了"。而那个特殊的日子，我们恰好记录下了她忙碌的一天。

6:30 天微微亮，杨太珍就出门了，她从沙坪坝出发，骑着摩托车奔向大坪工作站点，她说稍微早点不堵车，也凉快

8：00：第一拨商品开始到货，杨太珍和十几个快递员开始集体拣货。货物有很重的，比如大箱的饮料、打印纸，也有比较轻的，比如手机、牙膏等

8：30：很多上班族已经到公司，杨太珍也开始出发送货，她骑着自己的电动三轮车，今天上午有47件商品需要配送。为了打电话方便，每个快递员都配有蓝牙耳机

9：00：杨太珍的三轮车在车流里穿梭，太阳烘烤在马路上，江水的味道夹杂着汽车尾气，简直就像是蒸桑拿。她说，还是骑摩托车好些，有风凉快，可惜装不了太多货

12：00：公司为了照顾杨太珍，缩小了她的配送范围，目前她只送煤炭设计院至大坪新浪通讯市场这一段路。中午，送完货的杨太珍回到公司，衣服已经湿透，她休息了下，"天热，等下再吃饭"

13：00：杨太珍在对面餐馆端了一碗小面回站点，因为干体力活，杨大姐一顿要吃二三两面

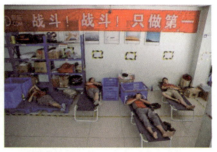

13：30：吃完饭的杨太珍和同事支开折叠床，躺在床上休息片刻。然后再等下午的商品到货，准备下午的配送。此时，外面的温度地表温度已经达到69.1℃，全国最高，一天最热的时候到了

6：00：杨太珍将燃气灶送到顾客手里，顾客周女士说，她跟杨大姐已经是老熟人了，以前她都是送上楼，现在知道杨大姐年龄大了，身体不如以前，自己都会主动下楼自提。杨太珍说，搬过最重的东西是打印纸和矿泉水，一般顾客一买就是七八件，至少上百斤

17：30：杨太珍回到配送站，下午送快递三个小时，杨太珍没喝一口水。她放下已经湿透的毛巾，拿起水壶连喝了几大口，顺便喝一小瓶藿香正气水。今天最主要的工作也即将结束

最真实的京东模特儿

西安太白站闫展展

近日，"京东小哥"成了热议话题，原因很简单，西安市区几百个小区同时出现了京东快递员的大幅个人海报，年轻的面孔，灿烂的笑容，他们共同讲述着"11·11 我就在你身边"的服务主题，京东打出的这张"温情牌"，为"双 11"营销大战拉开序幕。

如今，人们习惯了网购，也渐渐熟悉了快递员。在这个男人占绝大多数的行业里，女快递员你见过吗？海报一经发布，就有细心的买家发现了这个"惊喜"，海报上的快递员们都是本色出镜，他们都是身边熟悉面孔，在各自片区因其优质服务，都有自己固定客户和粉丝。

闫展展是京东海报上的模特儿，有买家发现了想和她合影

在新家坡小区，电梯间海报上的女快递员名叫闫展展，隶属京东西北区西安太白站，海报上她捧着包裹，迎面走来，笑颜如花。她负责的片区很小，但上岗两年来她的安全配送总里程已经积攒到了60745 公里，相当于绕地球一圈半，无损坏丢失货物。

快递，就是与速度赛跑

闫展展骑着小电瓶车，从家到单位全程 13
公里，她已经穿梭了两年

"在我眼里，包裹没有大小、轻重之分，每一件，都是对我沉甸甸的信任。"海报上的这句宣言，搭配简单的构图，仿佛就在你耳畔轻语，又如同对爱人的表白。

"干练、微胖、笑容灿烂"，是采访中绝大多数客户对闫展展的标准评价。而她也因为高效、优质服务，在同事中获得了"展哥"的外号。据了解，京东西安区域的上千名配送员和配送站站长中，一共有 7 名女生。他们不仅是行业里的"宝贝"，也通过自己的努力赢得了广大客户的认可。昨天在新家坡小区，就有老客户在电梯间偶遇前来送快递的闫展展，主动求合影。

闫展展说，她当时没注意，面对着电梯门，结果有个特别面熟的老顾客主动和她打招呼，原来他最先发现了电梯间里的照片。拍的时候知道会在电梯间出现，但是没想到会在她的片区出现，当时顾客喊她合影，说是要发朋友圈。

体验送货，全力以赴与时间赛跑

从网上下单后，人们往往恨不得购买的货物，分分钟就能被送到家门口。

闫展展说，每个月她拿到手的不下 5000 元，这让她成了家里的顶梁柱

可一件货从网上购买，到迅速送达，真如想象中那么简单吗？

早上 6 点，闫展展骑着自己的小电瓶车，从家到单位全程 13 公里的，不管酷暑严寒她已经在黎明的黑暗中穿梭了近两年。到达站点，顾不得歇一会儿，锁好电瓶车就开始卸货。一件件货品飞快地在配送站里堆成了小山。卸完货后，送货车驶离，闫展展和同事们才开始分拣。

按照片区划分，昨天早上闫展展分到的货物，其中不仅有整箱洗衣液、矿泉水、打印纸这些重家伙，也有电脑显示器、玻璃鱼缸之类的易碎品。闫展展独自将自己片区的货物按照地址远近区分，装上了三轮车。

"贵重物品，确认付款之后，再将物品取出来，注意安全"，在站长康亚玲的叮嘱声中，闫展展出发了。闫展展告诉记者，"分拣快递其实是最重要的一步，分拣完了，你大概就知道自己这一天的线路了。需要到哪个地方，要送几件快递，一定要提前想好，不然就可能多走冤枉路。"

如今的她，已经在这个片区跑了近两年，熟识了各个街道、小区、写字楼，甚至记住了哪个地址家的客户里有小孩，哪个地址家只有老人在家，她尽量避开午休时间送货，提前联系好后，再上门送货。如果遇到生鲜和指定时段，那必须是按秒算，时间分配好，效率才能高。闫展展一边说着，一边迅速地将车厢左侧的五个包裹抱出来，锁好车。

此时，楼下停满了各个快递公司的车辆，"大家会帮我看车。"闫展展说的"大家"，就是快递员同行。闫展展说，相互之间都帮着照看，更别说他们不少人都是京东粉丝，经常也在京东上买东西，他送快递时顺便也就取了自己的快递。

闫展展说，在福满园小区，有一位阿姨住在 2 楼，隔三岔五在京东上购物，米面油、水果牛奶、卫生纸洗衣液，都是些日常实用的东西。阿姨包裹上留着"洪"字开头的两个字，我也不知道是不是她的网名，两年前她刚开始接手这个片区时，每次打电话都是她接，让在楼下稍等一下，不一会儿就会有人来取快递，但是每次取快递的人都不一样。后来才知道阿姨受伤了，腿不方便，从那以后她都主动给阿姨送货上门。

好服务赢得了人心，得到了认可，而后来的一个小故事，更是让闫展展感动。有一天闫展展小儿子突然生病发烧，匆忙间她给阿姨送包裹的时候，将另外一件包裹不小心送错到了阿姨家，然而当时她并没有发现。她还在继续送货的时候，阿姨主动打来电话，告诉她送多了一件，让她去取。

闫展展说，她不知道那个包裹值多少钱，但每一个包裹都是对她的信任。阿姨主动还给她，也是对她平时服务的认可，这要求她工作更细心，这件事也让她很感动。

尽管已经非常熟练，一车货物闫展展还是从早上 9 点半，送到了中午 1 点。闫展展说，这还不算多，2015 年"双 11"我最多一天送 200 多个包裹。现在是一天送两次，"双 11"期间一天送 4 次，在 211 限时达区域，京东自营上午 11 时前下单，当日送达；晚上 11 时前下单，次日下午 3 时前送达。增加送货频次，就是为了最大限度缩短用户等包裹的时间，完全是全力以赴跟时间赛跑。

收入稳定，她是家里收入"顶梁柱"

老家商洛的闫展展今年 33 岁，已经是两个孩子的妈妈，像不少打工族一样，她和爱人将孩子寄养在老家，交给婆婆抚养，而小夫妻俩全力以赴在西安打工。虽然女快递员少见，但选择了做女快递员的闫展展，同样将工作干出了"优秀"。而正是这份工作，给了她稳定的收入，也给了她应有的家庭地位。

闫展展告诉记者，工资也实行绩效考核，但她拿到手的每个月没下过5000，而且还有养老、社保这些东西。就这一点，老公就很羡慕她的工作。原来，闫展展的老公以前是一名厨师，白案工作总是一个姿势，长期以来颈椎就出了问题。2016 年初，在闫展展的支持下，老公辞掉了厨师的工作。

闫展展说，前几年给老家盖房，还欠了亲戚的债，这两年一边养孩子养老人，一边还钱。她这边工资是稳定的，这样家里就不慌。老人年纪大了，儿子也小，身体不好，这样即便是早出晚归，但是他爸可以灵活机动，家里一旦老的小的需要照顾，就能迅速回去。

尽管还租住在三环外的村子里，但闫展展和老公已经有了对未来的规划。她说，成了女快递员，绝对是人生的一份惊喜，自此爱上京东，不仅有稳定的收入，而且还得到公婆的尊重。等过几年，攒钱在西安付了首付，就把孩子和老人都接来一起生活，她已经打听过了，只要孩子学习好，就算是转学过来也不太贵。

武汉长福配送站站长助理杨珍

千里挑一的"女帅男兵"

武汉长福站女站长褚侣情、站长助理杨珍

除夕晚上 8 点多了还没回家，家里人都问她："怎么这么晚还不回来？春晚都开始了！"她说："谁让我在京东干配送呢！这个工作就是别人越放松，我们越忙！爸、妈，我过几天一定回家！"

春节期间还在值班的她，是京东武汉长福配送站站长助理杨珍。

电商物流配送是个纯粹的"硬汉行业"，干这行的女孩本来就少，能干到站长或者站长助理职位的女孩，少之又少，由此推导，"90 后年轻女站长、助理"的可能性还能有多大？在京东武汉长福站，我就找到了电商版的"女帅男

每天早上杨珍都会叮嘱配送员为客户更好地服务

早上6点，杨珍和同事开始卸第一车货，一天的工作开始了

兵"——站长褚侣情和站长助理杨珍，她们身先士卒，自2014年建站以来，一直指挥着平均年龄比她俩大10岁的"欧巴"配送员队伍。

褚侣情和杨珍，一个出生在1992年，另一个出生在1990年，都是湖北人。这样的"小姐妹"大当家组合在京东全部5000多个配送站和自提点中，非常少见。特别是站里的配送员都是"欧巴"级的，很容易产生代沟。

"感觉她俩都是小妹妹，大家在工作中都是互相配合，从没红过脸。"站里资深的配送员杨海峰最佩服的，还是她们"铿锵玫瑰"的一面：每天清晨6点多的送货车一到，被大家尊称为"褚老板"的站长都抢先上车接货。站长晚上要住在配送站里，怀有身孕的褚侣情就咬牙坚持，赶上11月11日大促活动物流压力陡增，夜里照样爬起来接货……就这样，一直坚持到了孩子即将出生的猴年春节前。

看到站长都这么拼命，长福站的"欧巴"配送员干活时个个拼命。杨珍给我看了一张褚侣情与杨海峰（站里的配送员）的合影，那是老杨在2015年11月获得京东"暖心配送员"荣誉时照的。11月17日晚10点多，老杨接到了站长电话，次日一早需要他去支援周边站点，他二话没说就答应了。一天下来传送了200多个订单，几乎比平时单日订单多了一倍。

"拍这张照片时，有孕在身的站长脚肿得厉害，连布鞋都穿不进去，只能穿着棉拖鞋了。"站长休假期间，这根接力棒又交到了杨珍的手里，从每天清晨的"扫"货、晨会，到晚间的收钱、审核，一点也不敢怠慢。

在同事的眼中，站长褚侣情在工作中勇于担当、眼界开阔，又有女神范儿；杨珍代班站长的时间虽然不长，但她善于学习，一天到晚，像只勤劳的小蜜蜂。

3月4日早上，她的妈妈又打来了电话问她什么时候能回家。从武汉到老家广水，坐长途车也就1个多小时，可由于站里人手紧张，她回家的时间一再推迟。

自从杨珍进入京东，"常回家看看"就成了父母对这个乖乖女提出最多的要求，最近又提出了一个并不算苛刻的要求："再不回家，我们可就不许你在京东干了啊。"在家人善意的"威胁"下，杨珍还是决定"任性"一次。她感觉现在的自己，就像林忆莲在《铿锵玫瑰》里唱的："那个女孩早熟像一朵玫瑰……"

一直在路上

陕西西安站李春玲

随着互联网发展迅猛，老百姓可以足不出户轻松购物，远在几千公里以外的包裹，不出几天就能通过快递员的接力传递，到达您的手中。

39 岁的李春玲是一名京东的快递员，来京东即将 4 年了，是为数不多的女快递员之一。每天为了生计而穿梭在城市的各个角落，为了大家的方便，她一直都在路上。

京东是世界 500 强企业，对于每位员工都有严格的制度要求。李姐是京东高新站配送员之一，也是这里唯一的女性。平日里，她早晨 6：20 起床，花上 20 分钟洗漱，6：40 准时出门。骑着电动车，从租的房子吉祥村附近出发，十几分钟就到站点了。

每天这个时候，传站车会拉着满车货物到达配送站点，大家齐心协力一起卸货。作为站里唯一的女性，其他配送员总会尽量照顾她，饮料、啤酒、洗衣液这些比较重的货物常常在她搬之前就被抢走了。不过李姐还挺要强，"老是搬轻的，搬小件，自己会觉得不好意思"。她说话总是笑盈盈的，大家卸货期间，屡屡照面，时不时还开个玩笑，解解闷。

卸货算是每天工作开始的"热身运动"了，此后，大家忙而不乱地开始将所有的快件逐一扫描收录进系统。然后开始整理自己派送辖区内的货物，并扫描快递单，到这时顾客所购买的物流信息上就会出现"激动人心"的"正在派

卸货算是每天工作开始的热身运动了

早会也是必修课，站长会不断叮嘱，注意安全、注意安全

早餐在路边随便买点，着急送货，边走边吃

李春玲是京东为数不多的女快递员，她在京东已经4年了

件"，快递员姓名、电话也能一览无余。李姐负责小区主要是尚品国际、枫林绿洲、兰亭坊等。

分拣完毕后，各自要把早上要派送的快件都搬到三轮车上去。等到这一切都整理完后，就开始早会了，站长总结了昨天送货过程中出现的一些问题，在早会上提出来，当天的事情必须当天解决。最后还不断嘱托，注意安全、注意安全，任何时候都是安全第一的。并且还要保证按时完成派件，不能耽误顾客的时间。李姐说每天的早会是雷打不动的，公司对各个业务流程都有标准化要求，并且严格执行考核。

开完早会大概8点半，干了一早上的活，到现在还没有吃早饭，李姐就去旁边的摊上随便买了点，着急送货也是边走边吃。

吃完饭，大家都陆陆续续骑着自己的车子，载着一车的快件进入到一天的

李春玲把这一箱海鲜送货上门

派送工作当中了。李姐也出发了，每天熟悉的路线、熟悉的街道。她和各个小区的门房保安也都是熟人了，远远看到红色的京东快递车，保安就升起大门口的起降杆。

早上送的第一站是枫林绿洲，这个小区特别大，进去真的是分不清东南西北。快件是零零散散地分布在这个小区的每个楼每个单元，但是李姐对这里的地形是了如指掌，骑着她的小三轮在这个小区里穿梭着，走走停停。

对于所派送的快件，李姐一直都是轻拿轻放，更不能说是随意乱扔。我们平时在接收好多邮件的时候，都能看到一个画面就是快递员站在三轮车跟前，旁边满地铺开即将被主人领取的快件。但是李姐讲，京东规定是不允许把快件放到地上的。

李姐老家是渭南的，老公是个出租车司机，一直都是夜班司机。俩人都很辛苦。儿子今年上高一，学习成绩也不错，提起儿子，李姐满脸幸福，"我们俩都挺忙，儿子学习没怎么管，不过孩子挺争气，我们也省了不少心"。李姐之前送过报纸，也在其他公司当过快递员，后来感觉京东这边福利待遇更好，就来京东了。李姐在京东现在月收入五六千左右，"双 11"或者过节时还会更高一些。

京东快递要求送货上门，除了小区不让进，或者顾客要求楼下取的，只要客户要求要送上楼，是必须送的，快递员是不能拒绝的。这个客户就是要求李姐送上门，这应该是一箱海鲜吧。看着李姐拎着都挺吃力的，可是她已经习惯了，因为每天都会有许多这样的包裹。

李姐讲，她也曾经丢过快件，有一次在文理学院，一个装着 1600 多元手

中午在熟悉的面馆吃饭

负责写字楼，要送的货数量就增加了

机的盒子被偷了，为此挺郁闷的。

现在只剩下 F 区没有送，李姐就把车放在 1 号楼的下面。老天在作怪，突然就下起了雨，雨虽然不大，但是下得挺密的，我们就躲到了树下面，我问像这种下雨天，你们怎样送货？"别说下雨，即使是下刀子，也得一如既往地送货。我们对时效有严格要求，给顾客的承诺一定要做到。而且下雨不算啥，可以穿个雨衣还能遮住。夏季最热和冬季最冷的时候，比较难熬。"李姐接着说道，"每年'618''双 11''双 12'等等节日的时候那才叫疯狂了，货物比平时多很多，职能部门的同事也会来一起帮忙。大家齐心协力，保障货物快速、安全送达。"

从枫林绿洲出来，下一站就是兰亭坊。天气就是任性，太阳又出来了。这个客户买的是一件衣服，客户要求当面拆开包裹验货，但是因为颜色跟自己当时在网上看的有差异，所以她就要求当面退货，李姐就答应了。想着我平时买东西没有验过货，都是拿回家一看不合适又重新退货寄回，要收 10 块钱的运费。真心觉得京东快递真是方便多了，这样省事又省钱。

李姐今天早上的快件都是这两个小区的，把所有包裹送完，都已经快中午 1 点钟了。李姐往回走了。回到站点，有两个同事已经回来了。忙完这一切，就去一家面馆吃午饭，李姐经常来这家，老板都跟她很熟了。

吃过午饭，李姐本来打算眯一会儿等着下午那趟车来的。可是她的三轮车在早上骑的时候出了点问题，她就收拾了一下。李姐说每天满载货物的传站车会来两三趟，"618""双 11"的时候会更多。以高新站为例，每天一早传站车拉过来的货都是前一天下午和晚上顾客下单的，这样当天上午就能收到。每天下午传站车送来的货物都是当天上午 11 点前顾客下单的，下午就能送到。和其他电商比，速度要快得多。

"如果早上你的货到 2 点还没有送完，下午的那批货又已经来了，可咋办？"

"如果派送不完的话，其他的同事都是会帮忙的，我们的团队意识也是很强的。困难时，大家都是互帮互助的。"

我们正聊着，下午的货车就已经来了，所有人又开始第二轮的忙碌了。卸货，检货，分货，装车。

下午李姐负责的是尚品国际，这里的写字楼比较多。

送完尚品国际，就去了公园时光，李姐在不停地联系包裹主人。还剩下最后一个快件了，马上就要回站点的时候，有个客户说她正在下班路上往回走，让李姐等会儿，结果这一等就二十几分钟，回到站点已经晚上 6 点半左右了。到站点，还有一系列的事情要忙，要整理面单，也就是客户签字的单子。还要把今天没有签收的货物入站，最后要交款。把所有的事情弄完，回到家已经晚上 7 点半左右了。回到家里李姐的身份又转化成一位贤惠的妻子、称职的母亲，又开始忙碌琐碎的家务。

这便是李姐忙碌的一天，作为一个京东人，把一个个快递送到客户手中，是她的使命、责任，也是她快乐的来源。

书不尽言

京东配送员专注地服务于每一个客户，他们热情周到，耐心细致，那一封封温暖的感谢信，源自于客户对配送员的信任，也是对配送员辛勤工作的最好赞扬。

信任始于细节——双鸭山友谊站李唢呐

您好，我想表扬一下给我送货的快递员，特此发封感谢信。我在京东买了很多商品，京东商品的质量就不多说了，最让我满意让我坚持购买的最大理由是京东快递，一个普通的快递小哥传递了一种京东精神——服务第一，利民便民，我家比较偏僻，出租车有时都找不到，但是黑龙江省双鸭山友谊站的快递员在过年期间为我们送了十几次快递，第一次我在电话里和他沟通，从头至尾他都耐心、热情、细致地询问，一遍一遍地重走，绕了远道也没一句怨言，饿着肚子走了2个小时把货物送到我们手上时，我感动了。我向他表示感谢，他谦虚地说京东快递就是要尽快把货送到客户手上，他做的是每一个京东人该做的。后来又不断地有订单，不管是天寒地冻，大雪纷飞，还是过年过节，货物没有一次被耽误，每次进来先擦脚，每次离开必说再见，祝我们每天快乐。细节决定一切，从他的身上加深了我对京东的认识，我坚信京东值得信任，快递小哥值得尊敬，谢谢这些最基层的京东人为我们做的一切，信任始于细节，京东的成功在于对消费者的负责，谢谢！也请您把我的感谢转达给黑龙江双鸭山友谊站的快递员们！祝工作顺利！新年快乐！

京东的忠实客户：刘先生

看到你很温暖——龙程站高声

"快件已在路上，快递都休息了，只有京东小哥还在拼命。他们知道里面可能是你给老婆买的化妆品，你给岳父买的白酒，你给孩子买的新衣，40万小哥没有休息，全拼在一线，怎奈人只有两条腿、两只手、一张嘴，迟点请大家见谅，多一些理解，多一些宽容，别投诉京东的一线收派员，别人都在准备年货，而他们还在起早贪黑地给大家送件，心里的苦只有他们自己知道，他们也想回家和家人团聚，他们也有妻儿老小，理解万岁，在这谢谢大家了！"上面的这段话虽然是转发的，但是也是真心地感动，自从我怀孕开始，京东的快递员高声弟弟，就一直都我送快递，当时他还没转正，都没有自己的工作号，后来他转正了我才从系统看到他的名字叫高声。他知道我身体不便，不管沉的轻的，他都给我送到楼上。孩子的玩具、纸尿裤、奶瓶等等，都是他辛辛苦苦送来的。后来孩子出生了，他怕打电话影响孩子睡觉，直接不打电话就帮忙送到家门口。快过年了，每天还看到他忙忙碌碌地送货，真的很辛苦，没有节假日，没有双休日。圣诞节那天高声穿着圣诞老人的衣服敲开了家门，一脸憨厚的笑容，这个世界都温暖了。真的是很优秀的一名快递员，给一个大大的赞。

你说上来就上来——鞍山钢都站李化雨

我的收货地址是大厦30楼，昨天两部电梯出问题，配送的时候还是中午。人特别多，他给我打电话说楼下人多，问我可不可以晚一点，我买的东西准备送人，我就要求他必须送来，电梯上不来，他走楼梯上到20层，然后再坐电梯上楼的！等我看见他的时候一直抱着我的东西，满脸笑容，没埋怨我。我感觉自己都快不好意思了。

他替我传递爱心，我向他说声感谢
——东港新明站张鹏

我在沈阳工作，父母在丹东东港，购买的商品是给父母的，下订单时只改了收货地址，忘记更改联系电话了，因当天手机静音，开始时没有接到京东小哥的电话，后来得知配送小哥是在村里打听了很长时间才找到我所下单的地址，找到地址后我父母还没在家，配送小哥等了半个多小时我父母才回到家。最重要的是家里离镇上有十四五公里，能送到家门口就已经很不错了，配送小哥还耐心地告诉我父母商品的使用方法，帮助我父母检查商品是否有问题，这跟我以往遇到的其他快递真的有很大区别，虽然我在电话里对配送小哥表示了感谢，但还是希望京东能给张鹏一个表扬。

5 分钟的感动——沈阳红田站刘海锋

今天 10 点要给领导作汇报，之前准备好了一切工作，昨晚发现数据线不好用，11 点多下单的，想着今天联系一下快递师傅看看能否先送，今早 6 点起来就做文件，9 点才想起来联系快递，快递师傅已出发送货，看看联系站里怎么处理，客服表示可能没多大希望了，然后 9：55 分给送到了，特感谢这个快递小哥，特别感动。

来京东啊，根本不费心——西安汉城站冯晟琰

致冯晟琰小哥：

冯哥您好！我是西安交大城院的秋秋，你应该对我有些印象吧。平日受你照顾很多，让我对京东愈发信赖。初次见面的印象你可能忘了。不过我记得超清楚的。那时我还没成为京东的顾客，在其他电商那儿买了件貌似是伪品的东西，正与快递和商家苦苦纠缠。你插了句"来京东啊，根本不费心"。之后的交谈让我对京东非常好奇，什么样的公司竟能让员工如此为傲，并深深热爱。我从未见过对自己公司如此热忱的派送员，从此印象深刻，也顺利入坑，开始安利给周遭同学。

初始的购买不太顺利，是产品的问题，经你解释后我才放下心来。质保期限，可否退换，你都耐心回应。有时还会给我建议，我的购物旅程变得非常放心。而这种体验只此一家。我真正意识到自己身为一位京东的顾客，碰到冯哥这样敬业的人，是多么幸运。想对你郑重说声谢谢。冯哥，愿你永远热爱你的工作，平安健康。下次出行记得戴口罩啊！雾霾天多喝水。希望毕业之际我也能找到一份热爱的工作，像你一样爱岗敬业。挥手哟？

秋秋敬上。

送好快递，乐于助人——嘉兴盐核站韩胡军

3 月，嘉兴盐核站收到一个意外的惊喜，一位 70 多岁的老爷爷带着感谢信亲自上门，说他要表扬一名配送员——韩胡军。老人跟我们说：韩胡军服务特别好，每次除了送好快递，还积极帮助他人。比如，见到老人家里垃圾满了，就顺手带下楼去。给小区的老人家提供各种建议，比如要变天了，及时做好防雨、防寒准备。谈到韩胡军，小区的人无不竖起大拇指，在大家的一致建议下，老人特意提笔写信，表示感谢。

盐核站站长徐云燕说："因为韩胡军平时做事很用心，所以一直特别'宠'他。"盐核站前站长何蔺均说："韩胡军这人特老实，甚至让人觉得他有点傻傻的，但是他做事非常不错。"

风雨无阻，准时送达——上海锦屏站李光高

上海锦江商旅汽车服务股份有限公司，是李光高平日配送服务的客户之一。2016 年 6 月 21 日这天，锦江商旅为李光高师傅写了一封感谢信，信中锦江商旅写道：

"不论严寒酷暑、暴风大雨，始终坚持及时、准确投送包裹的速运员李光高同志表示由衷的感谢。多年来，经他派送的包裹从未有过破损、丢失、遗漏或超时，给我们工作上以及个人生活上给予了极大的支持！"

李光高虽然已是个年过五旬的老师傅，但干起事儿来没话说！不管商品多重，二话不说送上楼；客户很着急需要的商品，无论刮风下雨，一定及时送达；遇到客户更改地址的情况，他也会想尽办法，让客户能在第一时间内收到商品。

6 月 30 日，本是李光高女儿的家长日，但考虑到站点人手不够，他还是来到站点，等把一天的货物配送完，再赶到女儿的学校。如信中写道：

"他的专业精神、敬业精神和服务精神是我们职场人员的榜样，值得我们广大服务型企业所有员工去借鉴和学习，更是通过他那周到的服务，让我们更加认识到京东企业的愿景、使命和价值观，是值得广大客户信任的企业。"

旗语寄情

这些年来，京东的快递小哥们敬岗敬业，他们快速安全，耐心负责，热情周到的服务越来越受到客户的信任和认可，除了认真地工作之外，他们还会帮助客户解决其他的一些困难，甚至路见不平，出手相助，无时无刻不在展现着京东人正直的品格。而客户们送上的一面面红色锦旗，便是京东小哥和客户之间最温暖的纽带。

感谢服务零距离——北京乔庄站孙占玉

2017 年 1 月 20 日，农历腊月二十三，也就是小年的这一天，东方华业玫瑰小区 D 区的客户郝先生将写有"服务热情，投递快速；尽职尽责，热情高效"的锦旗送到京东北京乔庄站站点，对乔庄站配送员孙占玉一年多的服务表示衷心感谢。

原来，郝先生是站点附近的小区东方华业玫瑰 D 区的一位业主，1 年前，郝先生一家搬到小区入住，媳妇有孕在身，家里老人年纪也大了，郝先生由于工作原因，早出晚归，家里只要能在网上买的东西，基本上都在网上买，家里人说："只有京东的快递小哥每次都很礼貌地把包裹送到家门口，不管是多大、多沉的包裹，从来没有抱怨过，不仅经常帮忙把我们家生活垃圾带出去，还经常给我们顺手干点别的事情，这样的一个快递公司，这样的一个配送小哥，我们怎么能不感动?! 这不，刚做好的这面锦旗，趁着今天过小年，就给你们送过来了。感谢孙师傅，感谢京东!"

热情耐心的服务消除语言的障碍
——巴州焉耆站黄强

巴州焉耆站配送员黄强自入职以来就兢兢业业，始终秉持着客户为先的原则，得到大量客户认可，他还曾经创下 47 天无差评纪录，一直以来都是站内优秀典型。1 月 7 日，一名维吾尔族同胞突然造访站点，并给黄强送上了锦旗一面。

据了解，这位客户刚开始的时候因为语言、文字障碍，网购极度困难，但自从我们的配送师傅黄强开始服务以来，客户能咨询他很多问题，得到了他全方位的帮助。虽然只是一面普通的锦旗，但却是对黄强的服务最真挚的肯定。

不管有多重，大件小件全搬上楼
——银川宝湖站杨永林

银川宝湖站收到客户送来的一面锦旗，表扬了站内配送员杨永林。据客户反映，配送员杨永林每次给他们送货时，不管大小件货物，都主动送货上楼，服务态度非常好。

最近一次他们公司要审核，订购了六大箱子办公用品急用，配送员杨永林在身体感冒严重的情况下很准时地将货物送达到客户的手中，并且没有让客户下楼帮忙取货，让客户十分感激，客户反映说这是他们单位在以往的收发快递过程中从未有过的服务，所以特此向配送员杨永林赠予锦旗表扬。

客户的要求，就是我的使命
——西安洪庆站王建斌

王建斌配送员入职京东 2 年多了，在配送工作中，他始终保持热情有礼的服务态度，践行诚信原则。

张先生是京东的老客户，他的工作单位某研究所是国家保密单位，无法进入为其送货上楼。但是王建斌不仅按时热情送货，还从其他方面为客户服务：张先生有时在市场购买一些重物或贵重物品时会碰到王建斌，他希望王建斌能帮他把东西捎到单位，王建斌爽快答应并信守承诺按时送达。张先生周日到货，地址写的单位，王建斌拿到货第一时间和张先生联系，张先生表示下午7点回家，王建斌送完货一直在客户家里等到晚上8：50，当天下雨，配送员全身都淋湿了，货物却干爽完好。该单位的人都说京东的配送员值得相信。客户被王建斌这种信守承诺的品质所感动，特送上锦旗。

从爱偷懒到被表扬——长安大学本部刘驰

配送员刘驰加入长安大学本部京东派不足一年，但让人看见了他的成长。从开始他干事情总是找理由、偷懒，招致顾客差评不断，到后来主动思考，研究客户购物收货习惯，想办法去为顾客更好地服务；他在站点的关怀帮助下，从一个开始让大家头疼的人，成长为一个合格的京东配送员。

这天，刘驰一如既往地给香丹清商家送货并接货时，商家让刘驰上楼办公室，而不是像往常去仓库。等刘驰按时到了那里，商家突然拿出了锦旗，交到了他的手里。商家说：我们就喜欢刘驰给我们送货，喜欢他为我们着想，我没见过服务这么好的京东配送员，而且接货送货都很及时，为我们提供了优质服务，特送上锦旗已表示对其的肯定，希望京东能培养出更多这样的配送员，特此鼓励，感谢！！！

面对这突如其来的表扬，刘驰也十分感动，他表示这是他的分内工作，而在以后的日子里，他一定会努力做到更好。

不厌其烦的耐心服务——陕西理工学院王本兴

这天，陕西理工学院京东派钻石客户王先生送来一面锦旗，对配送员王本兴表示感谢；客户讲自己在京东购物已有好几年，每年消费大概六七万元，这一年多一直是由配送员王本兴送货，王本兴态度热情，耐心周到，特别是自己买得也多但是售后也比较多，以前很多配送员取货总是嫌麻烦，而王本兴却是一直不厌其烦，对待每一次送货取货都非常有耐心，客户说一直想来站点表示慰问，刚好这几天有空，也马上过年回老家了，特地制作锦旗一面送过来了，以表感谢。

客户至上，诚信守诺——陕西理工学院陈帆

客户张先生是理工学院的一名学生，即将毕业，公司学校两头跑，结果一次下单的时候误把地址写成了公司，实际货物大小19件，要带回学校使用，配送员陈帆在如约送到客户处后，了解到了客户的难处，又在晚上下班后如约把货物送到了客户住处，并搬上楼，核对清楚才离开，客户非常认可京东陈帆的服务，敬佩京东配送员客户至上，诚信守诺的态度，特地制作锦旗一面，以示感谢。

用心服务，感动用户——咸阳彩虹站王向阳

一位客户的家里只有老人，腿脚不灵便收货很不方便，其他快递公司根本不会上楼服务，但京东配送员王向阳却坚持每次都送货上楼，并且服务态度非常好，无论刮风下雨，从来不会延误，不管老人有什么要求，都尽全力满足。

王向阳一直坚持用心服务，牢记客户为先。老人在家成天说京东的配送员就是好，从此只在京东购物，街坊邻居也深受感动，对京东赞赏有加，让客户体验是京东客户为先的理念，赵女士也非常感动，为了表示感谢，特送来锦旗一面。

客户为先，真情服务——咸阳彬县站刘杰

在咸阳彬县，客户以前在淘宝上买东西，其他快递无法送到客户家里，客户无法体验到优质快捷的服务。京东配送员接受此区域后，为了体现公司客户为先的核心价值观，一直坚持送货上门，用优质快捷的服务赢得了客户的好评，让客户享受到了应有的购物体验，从而信赖京东。

史先生家所在的龙高镇为彬县偏远山区，配送难度较大，史先生以前在淘宝上买的货物只有邮政快递能够到达，而且速度慢，服务差且只配送到镇上，无法满足客户需求。自从发现京东开通乡镇服务后，史先生便一直在京东买东西，刘杰为让客户享受到京东优质的服务，每次派送都是送货上门，这让客户很是满意，而且刘杰还经常帮助客户下单售后等，态度热情，十分耐心。为表彰刘杰的优质热情的服务，史先生特地亲自送来锦旗一面。

送货还修车，客户送锦旗——咸阳长武站尚进

这一天，长武下着大雪，天气十分寒冷。白天配送员尚进联系客户的包裹到了，但是客户当时人在彬县无法收取货物，客户与尚进电话预约让他把货物放到站点，客户回去后自己去服务中心取。但后来由于客户的车抛锚到途中，实在不能签收。这时候，尚进直接问客户在哪里，客户告诉尚进地址后，尚进二话不说，冒着大雪把货物送到了 312 国道上来。

客户在万分感激之下签收了货物，但是尚进却还不走，围着客户的车看，客户问尚进在看什么，尚进告诉客户，自己没送快递前是修车的，随后从他的电蹦子上拿下了工具，开始为客户修车。

经过 1 小时，车终于修好了，客户给尚进钱，尚进却没要，开着他的电蹦子掉头就走。这件事让客户十分感动，于是送上了一面锦旗。

大雨中的感动——西宁城东站冯生龙

2016 年 7 月 15 日，西宁的雨下得很大，我们的配送员冯师傅在为客户配送时，对客户陈女士说："姐，你别下来了，雨太大了，孩子还小，在家不安全，我给你送上去。"

一句简单的话，却让陈女士觉得温暖倍至，正好陈女士家中煮了姜汤，就给冯师傅送上，可是冯师傅却一口拒绝了，他说："给您送货是我们的职责，只要您满意就好，外面雨大，您快点进屋吧，我还要去给别的客户送。"说完冯师傅就转身离开了，客户陈女士非常感动，因此在第二天就为冯师傅送上了锦旗作为感谢。

你不说，我就懂你——西电太白校区京东派马磊

西电太白校区京东派配送员马磊送货速度快，服务态度极好，同时对自己送货区域的客户的需求极其了解，经常呈现一种"你不说，我就懂你"的感觉，客户体验极佳。这面锦旗是客户强烈要求要赠送给他的，由于客户自己年龄偏大，便派自己的孩子给马磊送来锦旗。

这位客户家住 6 楼，子女白天都在上班，马磊了解到这个情况，经常送货

至家门口，即使客户坚持不让他送到家里。有一次，客户买了 4 箱水，马磊即使腿上因送货擦伤，也坚持送到了客户家门口，送到后，客户发现马磊擦伤，立马找酒精和创可贴给他处理伤口。客户通过平时的观察发现配送员是一项非常辛苦的工作，客户看到马磊如此敬业，非常感动，便悄悄做了这面锦旗给到马磊，说给他一个惊喜。

马磊时常把客户为先挂在嘴边，这面锦旗已经是他今年收到的第 4 面锦旗了，这 4 面锦旗不单单是对马磊工作的肯定，也是客户对京东人的信任。马磊没有因此骄傲自满，他说："既然自己选择了京东就要和京东的价值观保持高度一致。既然客户信任京东，对于客户的反馈，我们要学会感恩，在保持现有良好态势的情况下继续提升自己的送货、服务质量。"

优质服务，尽职尽责——定西平襄站刘喜山

在定西平襄，有一位客户经常会下单一些比较重的货物，而且数量也大，他又不经常在店里，店里的人又要照顾生意，所以搬东西就只能靠配送员刘喜山一个人。

对此，刘喜山没有任何怨言，每次都把货物堆放得整整齐齐，弄完之后常常累得满头大汗，但他就是这样每次送完，交接完毕，便默默地离开了，从无半句怨言！对此客户非常感动，也很感激，对刘喜山的服务更是赞赏有加，为了表示对刘喜山的感谢，客户特别送上了一面锦旗。

20 公里的真情相送——西宁海湖站翟军伟

西宁海湖站的配送员翟军伟对于工作尽心尽职，处处客户着想，坚持微笑服务，把客户的利益放在第一位。在入职不到半年的时间里，他得到了很多客户的认可，几乎没有差评。

2016 年 10 月 10 日天刚亮，翟军伟在站点整理打扫的时候，客户李先生给他送来了一面锦旗。经过回访李先生说自己经常在京东上买东西，他平日在城东七一路上班，但买的东西经常都是送到家里的，而且每回翟军伟都是送货上门。有一次，李先生因为工作的原因购买了投影仪与幕布，结果不小心把地址写成了家里的地址。因为单位下午 14：00 有一个重要会议要开，他着急要

用投影仪，而单位距离家里有 20 多公里。李先生非常着急，他拨通了翟军伟
的电话，翟军伟了解情况后二话没说立马开车把投影仪送到了李先生的公司，
使得下午的会议能够正常进行。

李先生对此充满了感激，他因此送来了一面锦旗，表示了对翟军伟工作认
真的肯定。

贴心的到家服务——泰州兴化站刘兆海

元旦期间客户的儿子专程给泰州兴化站刘兆海送来一面锦旗。客户大爷
60 多岁了，家里几乎所有的日常生活用品、家用电器，全是儿子在京东下的
单，用客户的话说，京东的品质和服务全都是一流，他用得放心。2 年来，儿
子买的家用电器类商品，刘师傅都帮忙安装调试，并耐心地教大爷怎样使用，
包括帮大爷带垃圾下楼，这些都已经成为一种习惯。

前阵子，大爷的儿子给大爷买了一部智能手机，想着能跟父母视频聊天，
多了解父母的状况。由于当天的配送压力大，货物较多，为了其他客户能够及
时收到货，刘师傅特意关照大爷先别着急，他下班后再去教他如何使用智能
机。当天送完货已经是晚上 8 点多了，刘师傅到站点交完账，怕老人睡觉睡得
早，耽误大爷休息，顾不得肚子饿，急忙赶到大爷家。

在大爷家，刘师傅用了一个小时的时间，耐心地帮大爷下载微信，还教会
他如何使用。大爷很感动，把情况告诉了儿子。第二天，大爷的儿子又下了几
单食品，送完货大爷硬是塞给他两包烟，但刘师傅婉拒了，他跟大爷说，这是
他应该做的。大爷的儿子知道后，先是打电话到站点来表扬了刘师傅的敬业精
神，感谢他一直以来对父亲提供了贴心的服务，对方还决定元旦回老家，亲自
送一面锦旗给刘兆海师傅，以表达他对刘兆海的感谢！

这份快递，我们一直用心传递——苏州松陵站陈海校

2016 年 11 月 11 日，松陵站陈海校收到了来自客户的一面表扬锦旗，锦
旗上写道：耐心热情态度好，一心一意为客户，赠：京东陈海校。

来自客户的锦旗表扬，让我更想了解陈海校这个名字背后的故事。

送锦旗的客户这样说道："京东小哥在平时服务态度就很好，这次送快递，

我不仅仅要拿京东快递，还有其他快递，看我东西很多拿不下，京东小哥帮我拿到了楼上，跑了四五次，或许我的言语比较简单平淡，但京东小哥真的很让我感动，他值得这个锦旗。"

客户的锦旗代表的是对京东的肯定，对苏州片区的认可，陈海校这个名字背后不仅是锦旗的荣光，还有很多值得去诉说的故事，这个名字出现在 2015 年特种兵光荣榜上，这个名字因 618 女儿出生仍坚守一线而让大家敬佩，这个名字因已不止一次收到客户锦旗而让我们记住，这些点滴都是值得被诉说的，这个名字平凡而又充满了力量。

面对难题，毫不犹豫——桐乡凤鸣站王晓杰

2016 年 11 月 12 日，正值大促的高峰期，桐乡凤鸣站配送员王晓杰送货途中经过一小区门口时，发现一个老人躺在地上，身上不断有血渗出，伤得非常严重。眼下是种进退两难的情形：如果上前去帮助老人的话，势必会耽误送货，影响到客户体验，而且还极有可能被老人的家人赖上；可如果不帮助老人，老人就有生命危险。

王晓杰瞥了一眼车上满满的货物，又看了一眼躺在地上的老人。没有丝毫犹豫，立刻把车靠边停好，上前帮扶老人，并依老人的意思将其送至家中。由于是周五，老人的儿女都在很远的地方上班，家中只有老人老伴一人在家，这可把老人的老伴急坏了。情急之下，王晓杰打了急救电话，火速把老人送到医院，同时给老人的孩子打了电话，告诉他们医院地址，让他们赶紧过来。不久后，老人的孩子也赶到了医院，王晓杰向其家属讲明了情况，并留下了手机号码，然后回去继续送货。

2016 年 11 月 25 日，在老人安全出院后，老人的家属手携锦旗来到桐乡凤鸣站，再次当着大家的面向王晓杰表达了深深的谢意。"双 11"大促对于每一个京东配送员来说都是一个不小的考验，而在这场考验中，生活还向王晓杰抛出了难题，但王晓杰在难题面前不躲不让，反而直面挑战，勇于担当，他的这种乐于助人的精神值得我们每个人学习。

人因为梦想而伟大——上海青浦站张灵兵

6月21日，青浦站配送员张灵兵接到顾客薛斌彬送来的锦旗——"敬岗敬业"。客户称张灵兵为自己送货两年了，无论刮风下雨，都会提前电话联系预约送货时间，并准时送到。这两年中，工作勤勤恳恳的他，为自己和家人带来很多便捷和感动，特送一幅锦旗。

张灵兵来到公司已有两年多了，平日工作中从不抱怨苦累，经常为配送区域附近的兄弟带货。大促期间，每天都与站点的兄弟奋战到最后。他勤恳务实的工作态度，兢兢业业的工作精神为我们树立了榜样，他常说："人因为梦想而伟大，自己的梦想就是服务更多的客户。"

点滴暖心服务，赢得客户认同——嘉兴新利站钟康友

这一天，钟康友像往常一样去给客户送快递，正巧遇上客户有急事要出一趟门，客户希望钟康友能够帮忙照看一下小孩。细细一问，原来是这么回事：这个名叫施琪的客户因为工作原因，白天经常不在家。家里仅有妻子带着2岁的儿子在家。出于配送员的职责，不论刮风下雨，钟康友每次都会送货上门，还顺手帮客户把家里的垃圾带走。

如果仅仅如此，那客户肯定也不会如此感激。除了自己本职工作外，因为知道客户收件不便，有几次其他快递把他们家的快递放在小区门口，钟康友也顺便给客户带上去了。而且客户多次购买瓶装水，考虑客户带着孩子不太方便，钟康友也直接给客户带上楼。

由于服务好等多方面的原因，现在客户一家人购物都只认准京东，成了京东忠实的粉丝。2016年4月，这个叫作施琪的客户来到嘉兴新利站，给钟康友送上一面锦旗。

年轻意味着无限可能——苏州浒关站尚黎明

2016年11月11日，浒关站收到了来自客户的一面表扬锦旗，敬业典范、尽职尽责，服务客户，共筑诚信，赠予京东商场浒关站尚黎明。

客户说："尚师傅感动我的地方不仅是他对工作的认真，给我一种踏实认

真的感觉，更是在服务这一块深深地触动了我。11 月 10 日那天，我在京东超市买的日用品和粮油等生活用品到了，但是我那天正好有应酬，之后便要出差，原本是想要快递师傅等我出差回来再送的。但之后等我晚上快 11 点到家的时候，尚师傅给我打来了电话，说：您好，京东快递，我在你们小区门口，现在方便把快递给您送过去吗？当时是行人匆匆的苏州寒夜，但我却觉得路灯错落下的那一身京东红很耀眼，头盔上的 JD 也显得十分的耀眼。"

　　站长说："小尚是我们站点年纪比较小的了，有的时候看他就像看自己的孩子，刚到浒关站，每天晚上下班前，他总是还没有走，或许是在对面单，又或许是在将自己和站点其他兄弟明天要送的货码好，也或许只是安静地坐在我旁边，说想多学点。年轻就意味着无限的可能，而他一直坚持在自己成长的路上学习成长。"

后 记

我不够时尚，至今没有学会网上购物，但一件小事拉近了我与网购背后那个庞大的配送群体的情感距离。

故事是这样发生的。去年国庆节后的一天，单位发了些劳保用品。下午五点多下班，单位的司机将我送到小区内我所住的单元楼下。或许是因为要往楼上搬劳保用品，我将平日随身携带的背包落在了单元楼前的马路边上。

当晚快 8 点，我接到了一位陌生男子用座机打给我的电话。他问我："你是人民出版社任超吗？你是不是丢了一个包？"我愣了一下，在家里扫视了一圈，果然背包不见了。我马上告诉他，自己的背包好像不知丢哪里了。他一乐，告诉我他是居委会的。姓赵。在包内发现了我的名片，依名片上的电话号码把电话打过来。在电话中他核对了我包内存放物品后说，有人捡到你的包了，现在来居委会取包吧。我爱人在旁边听着就乐了，说你怎么不把人丢了，并说那位姓赵的很可能就是居委会赵主任。我爱人和他是很熟的。

到了居委会与这位赵同志聊上两句后，赵主任和我讲，是一位京东快递的师傅在小区马路边捡到了我的包。快递师傅认为丢包人会马上想到自己的包丢了，返回原处找包，便在原地等了半个多小时，见没人来认领，便把包送到居委会了。听了赵主任一席话，我很感动，在连连感激赵主任的同时，迫不及待地询问赵主任，是不是认得那位捡包的师傅，并希望赵主任能提供捡包师傅的姓名、单位和联系方式，我要表达感激之情。赵主任说：那位小师傅是京东快递的，他经常来院里送快递，人很熟，但叫不上名字来，赵主任还说他会转达我对京东快递员的感谢。

第二天，内心放不下京东快递员的我专门把社发行部负责京东业务的栗慕宁同志叫到我办公室，希望她通过京东图书文娱业务部设法找到负责我家所在小区的京东快递员师傅，当面代我表达深深的感谢！几天后，我的愿望终于实现了，京东的朋友们帮我找到了那位京东快递员，他叫庞建康。粟慕宁同志受我的委托给他送去了锦旗，并与庞建康合影留念。端详着小粟拿回来的照片，一位表情憨憨的小伙子质朴的笑容一下嵌入我的眼帘。虽至今未曾谋面，但他不就是成千上万从事着再平凡不过的快递业务的人们的缩影吗？他们的勤劳、善良、诚实、守信，不也真切体现新一代普通劳动者的时代风貌吗！

2016 年 12 月 29 日下午，应京东 3C 事业部图书文娱业务部杨海峰总经理、郭晓博副总经理、谭诗利、王晨的约请，我与社发行总监许艳丽以及赵婧、汤仁宇、粟慕宁等同志来到位于北京亦庄的京东总部大楼，洽谈 2017 年度人民出版社与京东深化合作事宜。时近年末，进出京东大楼的人依旧熙熙攘攘。双方座谈过程中我特意提到发生在我身上的那件令人难忘的"小事"，我说这也不正是从一个视角展现了京东的企业文化和企业精神吗？杨总和郭总听到这个话题都兴奋起来了，他们讲光京东一个企业就有 6 万多名"快递小哥"，您所经历过的事情在"京东小哥"群体中数不胜数。说到此，与会的双方都兴奋起来，大家一致提出，可否为"小哥"们出一本书，书名就定为"京东小哥"。

习近平同志指出："人民是历史的创造者，群众是真正的英雄。"我们就是要把作品创作的视角、出版的视角对准最普通的劳动者，"小哥"们默默无闻，但他们正是互联网之路通达的关键力量。

今天，新印好的《京东小哥》带着刚下机的温度摆到了我的办公桌上。再过几天即 4 月 28 日就是京东配送日了，之后再过几天就是五一国际劳动节了，我们谨以此书向全国上百万"快递小哥"们行注目礼！

——人民出版社常务副社长　任超

责任编辑：陈佳冉

图书在版编目（CIP）数据

京东小哥 / 京东集团 编 . —北京：人民出版社，2017.4（2017.5 重印）
ISBN 978 - 7 - 01 - 017535 - 5

I. ①京… II. ①京… III. ①纪实文学 - 作品集 - 中国 - 当代 IV. ① I25

中国版本图书馆 CIP 数据核字（2017）第 061878 号

京东小哥
JINGDONG XIAOGE

京东集团 编

人民出版社 出版发行

（100706 北京市东城区隆福寺街 99 号）

北京盛通印刷股份有限公司印刷 新华书店经销

2017 年 4 月第 1 版 2017 年 5 月北京第 2 次印刷
开本：787 毫米 × 1092 毫米 1/16 印张：16
字数：252 千字

ISBN 978 - 7 - 01 - 017535 - 5 定价：48.00 元

邮购地址 100706 北京市东城区隆福寺街 99 号
人民东方图书销售中心 电话：（010）65250042 65289539